Pourquoi le Brésil ?

Du même auteur

Un amour impossible, Flammarion, 2015 ; suivi de *Conférence à New York*, J'ai lu, 2016.
La petite foule, Flammarion, 2014 ; J'ai lu, 2017.
Une semaine de vacances, Flammarion, 2012 ; J'ai lu, 2013.
Les petits, Flammarion, 2011 ; J'ai lu, 2012.
Le marché des amants, Seuil, 2008 ; Points, 2009.
Rendez-vous, Flammarion, 2006 ; Folio, 2008 ; J'ai lu, 2016.
Othoniel, Flammarion, 2006.
Une partie du cœur, Stock, 2004 ; Le Livre de poche, 2006.
Les désaxés, Stock, 2004 ; Le Livre de poche, 2006.
Peau d'âne, Stock, 2003 ; Le Livre de poche, 2005.
Pourquoi le Brésil ?, Stock, 2002 ; Le Livre de poche, 2005.
Normalement, suivi de *La peur du lendemain*, Stock, 2001 ; Le Livre de poche, 2003.
Quitter la ville, Stock, 2000 ; Le Livre de poche, 2002.
L'inceste, Stock, 1999, 2001 ; Le Livre de poche, 2007, 2013 ; J'ai lu, 2017.
Sujet Angot, Fayard, 1998 ; Pocket, 2000.
L'usage de la vie, incluant *Corps plongés dans un liquide*, *Même si*, *Nouvelle vague*, Fayard, 1998.
Les autres, Fayard, 1997 ; Pocket, 2000 ; Stock, 2001.
Interview, Fayard, 1995 ; Pocket, 1997.
Léonore, toujours, Gallimard, 1993 ; Fayard, 1997 ; Pocket, 2001 ; Seuil, 2010 ; J'ai lu, 2016.
Not to be, Gallimard, 1991 ; Folio, 2000.
Vu du ciel, Gallimard, 1990 ; Folio, 2000.

CHRISTINE

ANGOT

Pourquoi le Brésil ?

ROMAN

J'AI LU

Le phénomène du bonheur ne se produit pas ou donne lieu aux réactions les plus amères.

Marcel PROUST
À l'ombre des jeunes filles en fleurs

À ma belle Léonore.

« Pourquoi le Brésil ? Peut-être parce que c'est un pays dont toute la richesse est dans l'avenir, comme toi à qui le globe était destiné. »

Pierre ANGOT

J'étais tellement fatiguée, et je n'en pouvais tellement plus, que j'en étais arrivée à la conclusion qu'il fallait que j'organise ma vie en fonction d'un bien-être physique. Et que j'évite tout le reste, c'est-à-dire l'amour. Longtemps je me suis demandé comment faisaient les autres. Et puis j'ai pensé que j'étais différente des autres. Je ne pouvais plus me régénérer. Il m'arrivait de rencontrer des gens comme moi, ils n'en pouvaient plus non plus. J'étais tellement fatiguée, tellement épuisée, je n'en pouvais plus, je me demandais combien de temps j'allais encore tenir. C'était trop. Je ne tenais plus. J'étais tellement à bout que, à l'époque, j'aurais aimé qu'on m'emporte sur une civière ou dans une clinique. J'étais épuisée. Je n'arrivais plus à me reposer par moi-même. Je ne trouvais plus aucun réconfort en moi-même ni autour de moi. Je ne dormais pas assez. J'en étais à l'époque à une barrette entière de Lexomil et à huit comprimés de Spasmine par nuit. Et je ne dormais pas toujours. Si par malheur je me trouvais dans des conditions moyennes, par exemple un sommier en bois, je voulais mourir, je ne supportais plus rien. Je n'avais plus aucune énergie, j'étais crevée, je ne résistais à rien, je n'arrivais plus à résister à rien. Quand on me disait « repose-toi » je me disais : est-ce qu'ils connaissent ces gens-là le sens du mot épuisée ? É-pui-sée. Épuisée. Fatiguée. Pourquoi ? J'en avais marre. Épuisée, ça veut dire qui ne peut plus produire, comme une terre épuisée, une source épuisée. C'était horrible. Pas vide, je n'étais pas vide. J'étais fatiguée. Et je me demandais comment j'allais tenir. Je n'avais même plus envie qu'on m'approche, je n'avais même plus envie qu'on me caresse. Je connaissais tous les pièges. Je pouvais terminer leurs phrases avant qu'ils ne les commencent, je connaissais tout. L'amour ce n'était pas pour moi, j'étais trop lucide, je connaissais ça. Ça ne marchait pas avec moi. J'avais aimé, j'avais été aimée, je connaissais l'amour, et je connaissais la haine aussi, je connaissais le revers. Quand je suis arrivée à Paris je me suis rendu compte que c'était encore pire que ce que je pensais. C'était pire qu'en province, il n'y avait aucun élan, je n'en voyais pas. Toutes les situations étaient archirépertoriées. Et on vivait en ghetto.

Mais comme je n'avais pas d'autre solution, je me suis mise à chercher un appartement, avec l'espoir, mince, très mince, qu'il y avait encore quelque chose à faire, et que, en vivant à Paris, je mettais plus de chance de mon côté, objectivement il y avait plus de gens intéressants à Paris qu'en province, il fallait que je tente ma chance, c'était ma dernière carte.

Les seuls bons moments que j'avais eus ç'avait été une cure de thalassothérapie à La Grande-Motte en août, je m'étais reposée. J'allais à la piscine, je suivais la cure, Laurent était venu me voir, Léonore était avec moi, et on avait passé de bonnes vacances finalement. Elles avaient mal commencé, parce que j'étais tellement à bout que j'avais des réactions de rejet pour tout, la chambre, la vue, le lit, le bruit, rien ne me convenait, il m'aurait fallu une prise en charge totale. Il aurait fallu que quelqu'un me dise : tu vas faire ça, et ensuite tu feras ça, et là ça, tu vas aller là, et puis ensuite là, voilà, voilà ce qu'il aurait fallu. J'avais besoin de ça. J'avais décidé de donner un dernier coup de collier en m'installant à Paris, en faisant tout ce qu'il faut le plus correctement possible, et puis après, si c'était toujours pareil, alors là oui je m'effondrerais. Je ne m'effondrais pas, j'étais épuisée mais je tenais encore. J'étais là, je faisais des efforts, je tenais. Mais au moindre coup de vent je tombais, et puis après je redémarrais quand même. Je téléphonais, je demandais de l'aide, j'arrachais des promesses. À Laurent, par exemple. Je lui avais dit : est-ce que tu peux me promettre que je vais rencontrer quelqu'un ? Il me l'avait promis. Il pensait que c'était sûr. Moufid m'avait dit la même chose. Je m'accrochais à ça. Je me disais : bon allez, tu vas faire tout ce qu'il faut pendant encore trois mois. Et puis après effectivement si ça ne va pas, là tu lâcheras. Mais j'avais cette dernière carte à jouer, Paris, je n'y avais jamais vécu, la solution était peut-être là. Il était peut-être là l'endroit où j'allais rencontrer plus de gens comme moi. Des gens avec qui ce serait plus simple. Et effectivement dès que je suis arrivée à Paris c'était simple, mais c'était creux. Il ne se passait rien. Les gens n'avaient pas envie de se connaître, ils n'étaient pas attirés les uns par les autres, c'était vide. Intelligent, rapide, mais vide. On s'en aperçoit tout de suite que ça tourne à vide. Mais j'ai fait tout ce que j'avais prévu de faire. J'avais des conditions très précises, j'avais un moment à saisir. Léonore partait quatre mois aux États-Unis avec son père, elle allait rentrer fin décembre juste avant Noël, je n'avais donc aucune obligation à Montpellier pendant quatre mois. Je pouvais essayer d'en profiter. J'avais des amis à Paris, j'avais un livre qui sortait, qui s'appelait justement *Quitter la ville*, j'avais quatre mois devant moi, quatre mois pleins, où je pouvais ne penser qu'à moi. Ne penser qu'à moi ça commençait par me prendre un appartement pour moi, pour moi seule, je ne l'avais jamais fait. Choisir tout en fonction de moi. Les vacances à La Grande-Motte se sont terminées le 16 août. J'habitais à Montpellier, je n'avais que dix kilomètres à faire pour rentrer chez moi, et c'était très bien comme ça. Le 18, Léonore est partie pour le Texas. Claude m'a dit : quand on rentrera, ta vie aura peut-être changé. Le mal que j'avais à continuer seule, il le savait. Il savait l'état dans lequel j'étais, il m'avait vue. En mai j'étais allée jusqu'à menacer Léonore de l'abandonner. Elle avait fait je ne sais plus quelle critique, et comme je ne supportais rien, dans une crise d'énervement, j'avais dit : tu pourras aller avec ton père, faire avec lui ce que tu voudras, vous pourrez faire ce que vous voudrez tous les deux, moi je partirai loin, vous ne me reverrez plus jamais, c'est fini, je vais partir et ce sera définitif, elle s'était mise à pleurer mais je ne savais plus comment quitter cet état. Comme d'habitude, Claude jouait les protecteurs, il assumait, il jouait tous les rôles, l'homme et la femme, le père et la mère, j'en étais venue à le détester, je ne pouvais plus le supporter, et en même temps, je lui téléphonais parfois en pleurs, cassée, il n'y avait que lui qui pouvait me comprendre à ce moment-là, c'était à lui que je demandais du soutien, à lui aussi je demandais : est-ce que tu crois que je vais rencontrer quelqu'un. À tort ou à raison j'avais l'impression que c'était ça qui pouvait me sauver. Fin mai j'avais rencontré quelqu'un, Hervé, mais je ne l'aimais pas. Je me sentais prête à aimer, encore fallait-il que je rencontre au monde LA personne. Je me disais que je n'avais jamais aimé, et que je n'avais jamais été aimée. J'avais été chouchoutée, j'avais été choyée, emprisonnée ça oui je l'avais été, utilisée, ça oui, mais une relation d'égal à égale, sans laquelle je ne concevais plus l'amour, je n'en avais jamais eu, c'était ça que je voulais. J'en discutais autour de moi. La plupart y avaient renoncé. Je ne connaissais presque personne dans ce cas-là. Les gens me disaient que c'était impossible, que les rapports de force étaient toujours présents, que c'était inhérent à l'amour, que ça en faisait partie, la domination, le mépris ou la fascination, c'était un mal nécessaire, et ça faisait partie du charme, j'avais entendu quelqu'un dire : mais Christine, c'est le propre de l'amour. Si c'était ça, pour moi c'était clair, je ne pouvais plus. Je m'étais donné quelques mois pour trouver autre chose. Ça paraissait court, mais pourquoi pas. J'allais à Paris, pas seulement dans cette idée-là, j'allais à Paris en pensant que là-bas il y avait tellement de gens comme moi qu'il y aurait des fêtes, des dîners, des rencontres, et que si ce n'était pas de l'amour ce serait de l'amitié et tant mieux. Je construirais ma vie comme ça. Je m'en sentais tout à fait capable. J'ai toujours été capable d'avoir des amitiés passionnées, qui pouvaient remplir ma vie. Donc, le 18 août Léonore est partie. Ma fille, tout de même. Le grand amour de ma vie. Ce sera toujours elle. Quelque chose qui ne pourra jamais rivaliser avec rien au monde. Il y a encore deux semaines je la voyais arroser les plantes sur le balcon, c'est la personnification de l'amour, c'est la personne qui exacerbe ce sentiment, qui le porte à son point maximum. Ma fille. Je n'allais pas la voir pendant quatre mois. Quatre mois. Mais j'allais les utiliser ces quatre mois. Et puis je savais qu'elle serait heureuse, je savais qu'elle serait bien là-bas, au Texas. Donc le 18, départ, départ de Léonore. Le 23 j'avais un avion pour Paris, j'y allais pour chercher un appartement dans un premier temps. C'était un refuge que je cherchais. J'ai commencé à prendre *Le Figaro* tranquillement tous les jours. Et puis le 23 je suis montée, j'ai visité quatre appartements dans la première journée. Le premier appartement, j'arrive, il y avait quatre-vingts personnes dans la rue qui attendaient. La sélection se fait sur dossier à Paris, tout le système est inversé. La demande est tellement plus forte. Ils faisaient entrer les gens par paquets de dix qui remplissaient les dossiers. Ensuite ils les étudiaient, ils en sélectionnaient cinq et ils tiraient le premier au sort. Les quatre autres devenaient prioritaires sur des appartements à venir, où on demanderait les mêmes critères, et tous les autres, on leur disait bonne chance. Ils répondaient merci sincèrement. Tout le monde connaissait le problème, il y avait une véritable connivence, presque une solidarité. Je n'avais jamais vu ça, j'étais atterrée, je découvrais. Le lendemain j'ai visité un appartement à côté du Cirque d'Hiver, qui appartenait à des propriétaires privés. La règle était la même pour tout le monde : enlever les chaussures en entrant, car la moquette venait d'être lessivée. On se succédait à un petit bureau qu'ils avaient improvisé, pour nous interroger en prenant des notes. Écrivain, les propriétaires se sentaient flattés, mais ça leur faisait peur, ils savent que la roue tourne. Au bout d'une semaine je n'avais encore rien. J'étais plus qu'épuisée. Et il y avait le livre qui allait sortir. Je devais faire une lecture au Théâtre de la Colline, dans la grande salle, il fallait que je tienne. Sept cents personnes devant moi pendant une heure et demie, il allait falloir que je les tienne. Et j'étais dans mes problèmes immobiliers. Je faisais des plans, ça m'empêchait de dormir, j'attendais des réponses. J'en parlais, je demandais son avis à tout le monde. J'y pensais, le soir je m'endormais. Je revisualisais les pièces. Je m'imaginais. Je regardais le plan. Je relisais l'annonce. Le lendemain j'étais dans la rue à six heures pour acheter *Le Figaro* pour être la première à téléphoner. Un matin, juste après avoir lu le journal j'avais téléphoné, à sept heures et demie du matin, à une annonce qui avait l'air bien, la femme à l'autre bout du fil m'a crié : vous avez une pendule ? À quoi j'ai marmonné qu'un portable ça pouvait très bien s'éteindre. Et j'ai raccroché honteuse, prise en faute.

J'ai été obsédée par ça une semaine entière, pendant ce temps-là je ne pensais pas au reste. J'étais épuisée mais pour d'autres raisons, si on me demandait « comment ça va » je pouvais dire : je cherche un appartement. La plupart des gens savaient ce que ça représentait, presque tous avaient une anecdote incroyable sur le sujet. Il y a eu des moments où j'ai craqué, je voulais rentrer à Montpellier et tout annuler, la lecture, la sortie du livre, *Bouillon de culture* était prévu le 22, ça aussi je voulais annuler, ça m'arrive encore, d'avoir ce fantasme de disparaître. Tout d'un coup je ne vois plus d'autre solution. Hier je l'ai éprouvé encore, au cours de l'année je l'ai éprouvé des dizaines de fois. À ce moment-là, fin août, j'oscillais entre le désir de disparaître, d'abandonner tout le monde à jamais, et la recherche d'un deux-pièces, c'était un travail à plein temps. Observer tout, s'imaginer dedans, se voir ouvrir la porte, la cage d'escalier. Le sol. Une petite cuisine avec un grand placard au mur, un peu plus de lumière. On ne voit pas grand-chose. Et toujours essayer d'imaginer, de s'imaginer dans le lieu. Le plancher. Se voir dans les lieux. Dans la petite cuisine. Un placard avec des toilettes. Un deux-pièces avec toutes les deux une cheminée et une espèce de gros truc devant, une espèce de chauffage, de gros truc collectif. L'immeuble est sur deux étages. Les petites cours. On monte par là. La possibilité d'un petit bureau, en face de la porte. Ça, ça fait 7000 francs ? Ça, c'est la cuisine, qui est dotée d'une petite fenêtre, qui s'ouvre, mal, mais qui s'ouvre. Les agents immobiliers. Le plafond, c'est du polystyrène. Le plancher, c'est du faux parquet. Là, il y a un petit sas entre la cuisine, et je ne sais pas quoi, qui ne sert à rien. Toute petite chambre, s'imaginer, une fenêtre, de quoi mettre un lit. Là, une baignoire sabot, un cumulus d'eau chaude tout petit, les toilettes. Et le sol. L'électricité. La fenêtre, la vue. À côté il y a ça, et ça. Le métro, la ligne. Le lino, du bois. L'escalier. Le petit bout de cour. Le tout petit espace dans la cour, trois mètres carrés, avec lavabo, une espèce de faux plafond, une fenêtre bizarre, une porte qui a dû se faire fracturer quinze fois. Ça peut faire un tout petit coin de repos. Mais au début j'avais visité un petit appartement, avec une vue panoramique sur Paris. Une sorte de tout petit placard, toute petite surface mais avec une vue panoramique sur Paris à couper le souffle. Là il n'y avait pas trop de concurrents parce que, à part la vue, il n'y avait rien, c'était beaucoup trop cher pour ce que c'était, on payait la vue, je l'ai pris, j'ai été acceptée. Je suis redescendue à Montpellier pour faire un mini déménagement. Je pensais à Léonore, je me disais : mon Dieu, quand elle va rentrer, elle ne verra plus ces meubles que j'emporte. Est-ce que j'ai le droit de prendre ça, est-ce que j'ai le droit de dépouiller son univers de ça ? De ce lampadaire ? De cette table ? Tout ça elle va me demander ce que j'en ai fait. Ma mère me tranquillisait, elle me disait : ne t'occupe pas de ça, c'est provisoire, tu verras, s'il faut faire le voyage du retour, tu le feras.

Elle m'aidait, elle avait trouvé le déménageur, elle m'avait proposé de venir à Paris pour m'aider à installer, au printemps j'étais dans un tel état, juste avant les vacances, qu'elle s'était vraiment inquiétée, et que là elle voulait faire tout ce qu'elle pouvait pour que je m'en sorte. Si ça passait par des choses matérielles, ça passerait par des choses matérielles, elle voulait absolument m'aider. Et elle m'aidait, c'est elle qui est allée à EDF faire installer l'électricité, elle, qui a reçu tous ces gens que je ne peux pas supporter qui viennent installer le téléphone, l'électricité, les plombiers. À Montpellier l'année d'avant j'avais eu un problème avec un type des télécoms, je me sentais manipulée, je ne comprenais rien à ce qu'il racontait, tout ce que je voyais c'était qu'il voulait facturer, facturer, facturer, plus que prévu, j'avais voulu qu'il parte, il s'accrochait, je n'avais pas confiance, je voulais qu'il quitte immédiatement l'appartement, je voulais qu'il sorte de chez moi tout de suite parce que je sentais en moi une espèce de pulsion meurtrière qui montait, je voulais stopper, il restait, il continuait d'argumenter, il n'était plus question d'argument, il était question d'une seule chose c'est qu'il était devenu intolérable que ce type reste chez moi, je voulais qu'il parte, je hurlais, mais il restait, j'avais beau appeler les télécoms, j'avais beau appeler où je voulais, il suivait son idée. Il restait. J'ai été obligée d'aller chercher la voisine, parce que moi je n'arrivais même plus à parler. Je ne faisais que hurler, donc je suis allée voir la voisine pour qu'elle lui explique qu'il fallait absolument qu'il parte. Je lui ai dit : il y a juste une chose, il faut le faire partir, et je lui avais expliqué succinctement deux trois éléments, deux trois raisons, les torts qu'il avait et pourquoi il devait partir tout de suite. Il était parti en me menaçant d'avoir à payer des amendes. J'avais fini par lui hurler dans les oreilles : cassez-vous, qu'est-ce que vous faites là, vous ne vous rendez pas compte qu'il faut absolument que vous partiez. Je ne voulais pas que des extrêmes comme celui-là se reproduisent. À cause du risque, ça comportait un vrai risque, et puis pour moi, je ne pouvais pas me permettre à ce moment-là, avec la lecture à la Colline qui se rapprochait, le 13 septembre, il fallait que j'arrive détendue, et concentrée, il fallait que je sois uniquement dans mon texte, parasitée par rien d'autre, or quand il arrivait ce genre de choses c'était un après-midi entier dont j'avais besoin pour me remettre.

Je suis en train d'écrire dans un petit village, et justement j'entends dans la rue, une voix homme qui dit : c'est pas vrai ! cette fois je craque, ah là, cette fois, je craque. Les gens craquent, il y a des tas de gens qui craquent. Il y a des tas de gens qui sont épuisés. Il y a un livre de Pavese qui s'appelle *Le Métier de vivre*, les gens sont épuisés par le métier de vivre, ils ne supportent plus, ils ne peuvent plus. Et quand la mécanique s'enraye ils craquent, moi je craquais en permanence, j'avais atteint ce stade. J'avais envie de crier dans la rue : vous ne vous en rendez pas compte, que vous êtes tous en trop ? Ou alors agissez, faites quelque chose, dites quelque chose. Finalement je signe le bail, je descends à Montpellier pour organiser le déménagement. L'appartement du Cirque d'Hiver m'était passé sous le nez parce que la propriétaire m'aurait mieux vue dans le seizième, elle me l'a dit. Et puis elle avait peur que quelqu'un comme moi je l'abandonne au bout de quelques mois, tellement j'étais bien, c'était ce que son mari lui avait dit. Il lui avait dit : elle ne restera pas, elle va te laisser tomber, elle changera de quartier et elle prendra plus grand. J'étais restée longtemps classée parmi les premiers dossiers parce que je lui plaisais beaucoup, c'est exactement ce qu'elle m'avait dit : évidemment, moi, vous me plaisez beaucoup. Mais il y avait un couple qui avait payé douze mois d'avance, d'une part, et d'autre part, moi j'étais plutôt faite pour un quartier comme Wagram, où elle avait un appartement qui allait se libérer dans un mois. Je n'avais pas le choix, j'ai pris celui avec la vue panoramique à Pigalle. Il n'y avait rien, il n'y avait pas une étagère, pas une plaque chauffante, mais ma mère m'a aidée. J'allais aux répétitions, je commençais à faire quelques interviews, je commençais à me réimprégner de *Quitter la ville* pour pouvoir le lire dans la grande salle, devant sept cents personnes, dont cent cinquante journalistes. J'étais arrivée le 23 août, j'avais ma première interview le 30, un dimanche, au Lutetia, avec Pierre Louis Rozynès, de *Livres Hebdo*. Je ne le connaissais pas. Le 30 j'étais en plein dans les appartements, je n'avais aucune envie de faire une interview, mais j'étais curieuse de voir sa tête. Toute l'année il avait parlé de moi dans son journal en se fichant de moi, n'empêche qu'il suivait ma trace. Il faisait partie de ceux qui me trouvaient trop médiatisée, qui pensaient que tout ça c'était un coup et que le lancement de *L'Inceste* était artificiel, ceux que j'énervais. Mais il ne fallait pas lui demander pourquoi, il ne le savait pas lui-même. Il avait écrit le 3 septembre 99, quand je suis passée à *Bouillon de culture* « définitivement meilleure à l'oral qu'à l'écrit, elle lira ensuite une page, la fameuse, celle des clémentines ». Ce qui est faux, ce n'était pas celle-là, et il ajoutait élégamment « c'est quand la saison des clémentines ? » Mais je voyais qu'il hésitait dans son jugement, là il avait aimé *Quitter la ville*, il était conquis d'après Hélène. Il l'avait lu dans la nuit. Quand je suis arrivée, je l'ai trouvé pas mal pour un journaliste, il avait une tête de métèque, je m'étais dit : tiens, c'est quelqu'un qui aurait pu me plaire. Parce que je commençais forcément à chercher. Mais ça s'arrêtait là. Il avait un regard très vif, très précis, j'aimais bien. Mais j'étais pressée de partir et je suis allée retrouver Laurence au Flore, elle aussi avait un livre qui sortait. Dans les jours qui ont suivi c'était ma lecture, je n'avais pas d'autre horizon, il n'y avait plus que ça qui comptait, et j'avais envie de disparaître. Ma lecture, ma lecture, je préparais ma lecture. J'avais le trac qui montait. Ça durait toute la journée et ça se calmait deux heures avant d'aller répéter, quand je me préparais, quand je prenais le métro, quand j'arrivais. Ça se calmait le temps de la répétition et jusqu'à ce que je me couche, et le lendemain matin ça repartait malheureusement. Hervé, le garçon que j'avais rencontré fin mai, voulait venir à la Colline le 13, il était peintre et il habitait un village à côté de Montpellier, ce n'était pas un grand peintre, il n'était pas nul non plus, mais ce n'était pas un grand peintre, il avait tout le temps besoin d'être rassuré. Mais pas ouvertement, il n'aurait pas supporté la vérité.

Il me téléphonait. Il serait à Paris. Je disais à tout le monde que je ne pouvais pas rester longtemps au téléphone, je n'étais pas bien, avec ce qui m'attendait. J'avais des arguments pour couper court aux coups de fil. J'avais peur, j'avais le trac, j'avais envie de disparaître. Ce n'était pas le moment pour moi de parler au téléphone. J'étais dans mon appartement. Tout juste installé, avec juste un lit et un fauteuil que j'avais acheté dès le début. J'y suis arrivée un mardi soir, je crois que c'était le 5 septembre. Je m'étais fait livrer le lit, que j'avais choisi pendant des heures. Pas très grand, mais j'avais dit à la femme : c'est pour moi toute seule. Elle m'avait dit : on ne sait pas, si vous recevez. Je lui avais dit : non, je ne recevrai pas. Mon but c'était d'assurer la lecture, de dormir, de me reposer, de faire tout pour que ça, ça soit impeccable. Je me donnais trois semaines pour être concentrée sur le livre, la lecture, la sortie, j'avais *Bouillon de culture* le 22, et je m'étais dit que vers le 15 octobre, ou le 30, je m'effondrerais, je relâcherais tout, j'abandonnerais tout, je cesserais de faire tout effort. Avant de me laisser aller au désespoir j'avais encore un effort à fournir, j'allais le fournir, après je savais que je ne pourrais plus. Pourquoi ? Parce qu'il n'y aurait plus de carburant tout simplement. Je décrivais la situation comme ça : j'étais le moteur et le carburant, bientôt il n'y aurait plus de carburant, et donc plus de moteur, c'était fini de s'alimenter soi-même. Le carburant il n'y en avait déjà plus, je carburais sur mes réserves. Qui baissaient à vue d'œil. Mes réserves pour le moment c'était l'énergie que j'avais mise dans *Quitter la ville*, c'était là que j'irais puiser, j'avais encore ça, il s'agissait de l'utiliser à bon escient, au bon moment, bien concentrée, ce n'était pas le moment de se perdre. Ce n'était pas le moment de draguer ni de se laisser draguer, et de se mettre dans le propre de l'amour qui était, d'après Jean-Luc, domination, fascination, jeu de pouvoir, jeu de séduction, à la fin c'était l'épuisement voilà moi ce que je voyais surtout. Tout ça n'était pas très intéressant. Si c'était ça le métier de vivre je ne pouvais pas. Je craquais, c'était terminé. Je ne pouvais plus. J'étais trop fatiguée, à La Grande-Motte j'avais réussi à réduire un peu ma dose de Lexomil, la thalasso m'avait fait du bien, il fallait que je garde l'acquis. Il fallait que je sache, il fallait que j'apprenne à garder le peu que j'avais. Le peu d'énergie, de réserves, de carburant. Pour le moteur, pour faire encore avancer le moteur. Je ne devais rien gâcher, je ne devais pas en laisser perdre une goutte, j'avais besoin de tout, de tout, de tout ce qui me restait. J'avais besoin de tout ce qui me restait de vie pour la propulser dans le public, pour le 13. C'était mon horizon la Colline, mon seul horizon. Vers le 15 ou vers le 30 octobre alors là on verrait, là on reverrait tout à la baisse. Le 13 septembre, sur sept cents personnes, si LA personne n'était pas là, alors ça voulait dire qu'elle n'y serait jamais, parce que là j'aurais donné vraiment le maximum. J'aurais donné ce jour-là tout ce que j'avais, et si quelqu'un devait tomber amoureux de moi, ça devait être ce jour-là, il y aurait forcément sur sept cents personnes quelqu'un qui tomberait amoureux de moi ce jour-là, quelqu'un qui allait tomber raide amoureux, ça ne pouvait pas être autrement, si c'était autrement je changerais radicalement mon fusil d'épaule parce que ce n'était pas la peine. Mais quand même sur sept cents personnes ce jour-là il y aurait quelqu'un, je n'allais quand même pas continuer à rencontrer le vide toute ma vie, cette fois quelqu'un s'avancerait, et ça ne pourrait pas être un tocard, ce jour-là, parce que ce jour-là j'allais dégager une telle puissance que les tocards n'oseraient pas s'avancer. Celui qui s'avancerait ce jour-là, j'espérais vraiment qu'il y en aurait un, saurait à quoi s'en tenir. J'en étais là. C'était vraiment de ce niveau-là.

Il y avait deux cas de figure. Des tocards, je les appelais comme ça, qui s'avançaient vers moi sans se rendre compte à quel point c'était difficile de vivre avec moi, le dernier en date, Hervé, avait dit que ça l'intéressait de se confronter à moi, et puis des gens plus subtils qui comprenaient que ce n'était pas facile, ils n'avaient pas envie d'y perdre des plumes et par manque de courage, ils ne s'aventuraient pas. Des faibles. Ils étaient eux-mêmes difficiles, ils n'avaient pas envie de doubler la mise. Les tocards étaient nombreux, et je leur avais souvent trouvé du charme, mais plus depuis un certain temps. C'était terminé. J'étais lassée de ce genre de dialogue : – Je n'ai rien à dire, rien, rien à vivre, à espérer, à attendre, à offrir, rien, mais rien. Et moi à côté – Tais-toi, je ne peux pas, je t'en prie, je ne peux pas entendre ça. S'il te plaît, je t'en prie. Mais ça, c'était plutôt le dialogue des faibles, plus subtils, qui étaient passés à l'acte. Il y avait bien sûr une troisième catégorie, ceux avec qui la question ne se posait pas. Et ça pouvait être là finalement que je finirais par trouver. J'attendais le vote abstentionniste en fait, c'était là que je comptais trouver. J'avais expliqué mille fois les deux cas de figure à ma mère, elle m'avait dit : tu pourras rencontrer quelqu'un qui aura peur, mais qui affrontera sa peur. Elle m'avait convaincue. C'était vrai, ça pouvait être vrai. Mon seul espoir était là, là, ou alors, rester seule, mais alors pour toujours, il n'y avait que ça. Et il fallait que ce soit maintenant ou jamais, si ça devait durer plus d'un an, ça serait jamais, je préférais. J'avais tout à fait conscience de mes limites. Ça allait se décider dans les semaines qui venaient. Pour deux raisons, parce que, malgré tout, j'envoyais le message dans *Quitter la ville*, et puis l'autre raison c'est que dans quelques semaines, après les derniers efforts que je fournissais, m'installer à Paris, en même temps *Quitter la ville*, en même temps la Colline, donner tout ce que j'avais à sept cents personnes, et qui ne me voulaient pas que du bien, et en même temps neuf jours plus tard *Bouillon de culture*, après je me donnais encore deux semaines, ou mettons un mois, où je resterais encore sur la lancée, et après le carburant il n'y en aurait plus, donc c'était simple. C'était une banale question d'énergie. J'étais tout de même capable d'apprécier mes réserves et je savais jusqu'où elles dureraient. Je pouvais juger de la date d'échéance. J'avais encore des possibilités jusque fin octobre, après je ne pourrais plus répondre de rien.

Je le sentais. Je n'y croyais pas aux réserves insoupçonnables.

Mon appartement avait de toutes petites fenêtres, mais c'était magnifique. La nuit, on voyait toutes les lumières, la grande roue, la tour Eiffel, toutes les lumières de la ville, de la Défense (je voyais l'Arche de la Défense) à la tour Montparnasse. Et le jour, c'était tout aussi magnifique quel que soit le temps, même les jours gris, il y avait une lumière splendide, j'en profitais, je regardais tout le temps à la fenêtre. Je n'invitais personne. Le jour de la lecture, je n'avais pas encore de miroir. Et le matin même j'avais cassé le seul tout petit miroir que j'avais. Je m'étais maquillée devant un morceau qui restait. Le jour de *Bouillon de culture* j'en avais enfin un qui était fixé au mur. J'en étais restée au 30, le Lutetia, le journaliste de *Livres Hebdo*, après je me suis concentrée sur ma lecture jusqu'au 13. Je n'ai rien fait d'autre, je n'ai pas fait de radio, rien. Je m'occupais uniquement de mon installation et de ma lecture. Et puis surtout je passais le temps à lutter contre les envies de retourner à Montpellier, pour quitter non seulement la ville, mais tous les terrains de jeux. J'envisageais même d'aller au Texas pour rejoindre Léonore et Claude, ou alors carrément profiter de ma liberté pour partir ailleurs très loin. Tout ça ne servait à rien, ma fuite allait le démontrer, ç'allait être la preuve que ça ne servait à rien de s'époumoner.

J'avais passé tout le printemps et tout l'été à dire que je n'en pouvais plus. Je faisais un bilan négatif de presque tout ce que j'avais vécu. Je voyais que Claude s'en sortait, je voyais que Marie-Christine s'en sortait, et moi j'étais toujours au fond du trou. Je n'avais que l'écriture qui marchait à ce moment-là. À peu près. Ce qui très vite n'allait plus être le cas. J'avais prévenu Jean-Marc que bientôt ça allait s'arrêter ça aussi. Il me disait : ne t'inquiète pas, il va venir. Mais il ne venait pas, et à chaque fois qu'il venait ce n'était jamais lui. Je le voyais de loin dès qu'il débouchait, je le voyais à trente mètres que ça ne pouvait pas être lui. Ni elle. Parce que ça aurait pu être une femme aussi, je n'étais plus à ça près, qu'est-ce que ça me faisait ? Elle aurait été la bienvenue. Quoique dans ce cas-là, je craignais les rapports de force encore plus, donc c'était une probabilité que j'avais plutôt éliminée. Parce que je n'en pouvais plus, même pour un temps, même provisoirement, et puis ce n'était pas ma sexualité, j'avais essayé avec une autre fille, ça ne donnait rien, beaucoup plus jolie pourtant que Marie-Christine, qui était moche objectivement, mais qui m'avait séduite, et je ne voulais plus de séduction. Aujourd'hui je me dis que j'ai peut-être tort, j'ai peut-être eu tort, d'avoir peur des rapports de force, de m'en méfier autant. À Paris j'allais vite comprendre qu'il n'y avait que ça partout. Ici tous les rapports, ce n'est que ça. Je me disais même parfois : pourquoi je ne retournerais pas avec Claude ? Je n'avais plus de désir pour lui, ce n'était peut-être pas grave, et puis d'autres fois je me disais que je ne pouvais quand même pas brider ça. Je l'avais fait, je n'avais pas envie de recommencer. Je ne voulais rien revivre de ce que j'avais déjà vécu, je n'avais pas de paradis perdu. J'avais aimé Claude, j'en étais sûre, mais le voir arriver, le voir monter l'escalier, et se dire, comme je me le disais « je ne pourrais plus », ou « je n'aime pas tel détail », je ne voulais pas le revivre. Et d'autres fois, je me disais, pourquoi pas, quelle importance ça a, aucune. Marie-Christine aussi, elle se fripe, pour une femme j'avais plus d'indulgence. Ce n'est pas dégoûtant une peau fripée. Mais ce dos voûté que Claude a toujours eu. J'étais injuste. C'était ridicule, je faisais table rase du passé, après je l'ai regretté. C'était l'angle sous lequel je regardais. Si j'avais trouvé beau quelqu'un, je pouvais changer d'avis le surlendemain, c'est ce qui s'était passé avec Hervé. Je l'avais d'abord trouvé très beau, très très beau, et ensuite repoussant, je ne pouvais donc plus avoir aucune confiance en moi. Je ne pouvais même pas compter sur mes goûts. J'étais la reine de l'ambivalence, au point que quand quelqu'un ne me plaisait pas, j'y allais. Rien ne m'intéressait, rien ne m'attirait, tout ça c'était la même logique. Mais je n'en pouvais plus. De toute façon quand on ne peut plus, on ne peut plus, et je ne pouvais plus. Je faisais des efforts. Par moments ça lâchait. Ça ne tenait plus, heureusement que Léonore n'était pas là pour voir ça.

J'ai quitté Paris dimanche dernier. L'aéroport était bondé, les avions étaient pleins à craquer. Il y avait des problèmes évidemment comme d'habitude, les tapis roulants pour les bagages sont tombés en panne, l'avion n'a pas pu décoller avant que ce soit réparé. Les gens se plaignaient, ça faisait déjà une heure de retard. On était dans cette espèce de gros wagon à bestiaux, en train d'essayer chacun de s'isoler, sauf une fille à la rangée à côté avec ses deux enfants qui essayait à tout prix de parler, de lier des conversations. Tout le monde patientait sauf tout d'un coup une bonne femme trois rangées derrière qui a commencé à insulter Air France, l'hôtesse de l'air, les aéroports, le système, elle disait que le train lui n'attendait pas, elle disait « vous pourriez au moins nous donner un verre d'eau », elle avait un petit chien sur ses genoux. C'était vraiment la vieille ridicule. Elle avait un visage d'alcoolique. Les autres, qui étaient calmes jusque-là, se sont mis à la ridiculiser, « elle n'a qu'à prendre le train », « on va lui faire bouffer son chien », « tu peux pas la fermer » et un type d'une trentaine d'années devant moi a interpellé un steward qui passait, il lui a dit : on ne pourrait pas virer la vieille et son chien ? Je n'ai pas laissé le temps de la réponse, j'ai tapé un grand coup dans l'épaule du type, en lui disant que c'était facile de s'attaquer à des gens qui sont déjà ridicules. Je lui ai demandé pourquoi il avait tellement besoin d'être vulgaire et haineux. J'étais environnée de ça dans ce wagon à bestiaux. Pierre était à côté de moi, il a piqué du nez dans ses journaux. Il n'était pas de mon côté. Son point de vue, c'était : mais je le sais moi que les gens sont comme ça. Quand on est arrivés à Montpellier elle a dit à l'homme qui l'attendait qu'il fallait d'urgence qu'elle allume une cigarette, très nerveuse, très bouleversée.

Deux ans plus tôt, ou trois ans plus tôt, je m'étais attaquée verbalement à un agressif de Montpellier, Bruno Roy, l'éditeur de Fata

Morgana, qui déblatérait, qui sortait toute sa haine, un misogyne, un misanthrope, il était venu me voir sur mon stand à La Comédie du Livre, c'est à l'extérieur, sur l'Esplanade et la place de la Comédie, pour me dire : je veux bien que vous me détestiez mais je veux que vous sachiez pourquoi, alors que je ne le détestais pas, je m'étais opposée à lui dans un débat, ce que je contrais ce n'était pas lui, j'avais autre chose en tête, je lui avais répondu « cassez-vous » de toute ma voix, qui avait résonné jusqu'à l'autre bout de la place de la Comédie. Tout le monde avait entendu. Donc il y a trois ans, déjà, je n'en pouvais plus. Pour exprimer quelque chose déjà je n'arrivais plus qu'à hurler. Emmanuel était à côté de moi, et c'était pareil : laisse-le, on s'en fout. Enfin moi, je m'en fous. Moi – Toi, bien sûr, tu t'en fous. Qu'est-ce que ça peut te foutre à toi. Rien. Tu es au-delà. L'opinion des autres, oh là là, monsieur est au-delà. Au-delà de la bassesse. Au-delà, tellement au-delà. Un jour j'avais dit à Claude, dans un moment d'exaspération : cette espèce de désir que tu as de rester jeune, c'est tellement grotesque. Je pense que tu es toc. Je ne sais pas pourquoi je faisais ça. Je ne sais plus si je pensais ce que je disais. J'avais dit : je pense que tu te fais mousser, je pense que tu n'as rien à dire, et que ta vie ne valait pas la peine d'être vécue. Voilà ce que je pense. Etc. Et ça ne sert à rien de pleurer. Tu pourras pleurer, je le pense. Et je continuerai de le penser. Tu pourras faire vingt ans d'analyse, tu seras toujours aussi toc. Toujours. Vas-y pleure, vas-y. Encore un petit coup, vas-y. Bien. Ça y est, y en a plus ? Si ? Y en a encore un peu ? Un petit peu de larmes qui n'a pas encore coulé. Ou alors c'était à Marie-Christine, je ne sais même plus à qui j'avais dit ça. Tout ce temps que j'avais perdu avec Emmanuel, Hervé, Marie-Christine, toutes ces idées m'obsédaient, j'étais sûrement injuste. Je regrettais tout. Marie-Christine, je me disais : avec ses fesses musclées par le tennis, comment j'ai pu rester un an avec elle ? Pourquoi je n'ai pas eu un peu plus de dignité ? Et puis quelques semaines plus tard je pouvais au contraire me dire que j'avais laissé filer l'idéal, que c'était elle, et que je ne la retrouverais jamais. Que je ne retrouverais jamais l'idéal, alors que plusieurs fois je l'avais eu à portée de main, et je l'avais laissé filer. Et tous ces gens, le type d'hier dans la rue qui disait : non mais c'est pas vrai là je craque. Jean-Paul qui se réveille en pleine nuit, en sueur, en criant : laisse-moi maman maintenant, laisse-moi. C'était un rêve, qu'il avait fait, un an après la mort de sa mère, juive, qui ne le laissait pas vivre, il était encore obsédé par elle, la mort n'avait rien changé. La mort ne changeait rien, même la mort ne changeait rien. Rien ne changeait rien, rien ne changeait, et rien ne changerait. Marie-Christine, le front qu'elle avait, c'était insensé, d'ailleurs elle le cachait. C'était bien la preuve, tout ce qu'on pouvait faire à un certain stade c'était cacher. Un an avec elle, avec la bêtise, l'enfer, la méchanceté, le mensonge, la fausseté, la duperie, la bourgeoisie dans toute sa connerie, sa suffisance, son manque de tout, de délicatesse, elle n'a jamais rien compris. Il aurait fallu que je sois capable de m'arrêter de récriminer, d'être scandalisée, ça m'épuisait. Je n'y arrivais pas, ça me tuait, c'était terrible.

La faiblesse humaine. Les défauts. L'humain. J'étais fatiguée, je n'en pouvais plus. C'était sans doute ça qui était émouvant mais j'étais épuisée. La civière, la clinique ou le cimetière. Mais j'avais une telle vitalité, c'était peut-être ça aussi qui me rendait le monde tel qu'il était insupportable. Une barrette entière de Lexomil et huit comprimés de Spasmine par nuit, ça faisait beaucoup. Si par malheur je me trouvais dans un village avec des cloches qui sonnent toutes les heures, ça me faisait un obstacle à franchir énorme. Je ne résistais à rien. Ça suffisait, ça allait là, il me semblait que la cote d'alerte était dépassée. Je n'étais plus en accord avec le monde tel qu'il était. *Quitter la ville* approchait, c'était la seule chose qui me tenait, qui me permettait de durer un peu encore. Mais pas longtemps je le savais, une question de carburant comme je l'ai dit. J'ai fait ce déménagement en pensant qu'il pouvait être provisoire, je me suis concentrée sur ma lecture, mon horizon du 13 septembre. Je savais que je tiendrais aussi jusqu'à *Bouillon de culture*, parce que même si j'en rêvais devant le public je ne lâche jamais. Même si j'en rêvais et même si j'en rêve encore, *the show must go on* ça doit être ancré en moi. En dehors de ces deux dates-là, bien précises, le 13 et le 22, et globalement, je ne savais pas si j'arriverais à continuer. Je m'ennuyais avec tout le monde, un ennui radical, ce que racontaient les gens ne m'intéressait pas. Les événements non plus. Je ne savais pas, du tout, comment j'allais faire. Passé les quelques dates, les quelques échéances, pour lesquelles j'avais décidé de tenir, je m'étais engagée à tenir, un engagement personnel. Je me sentais moche et minable, fatiguée. Quand, quelqu'un allait-il me parler, quand, quelque chose allait-il enfin m'intéresser ? La courbe était plate. Ma mère s'occupait des choses matérielles. Voilà pour la première période. Ensuite arrive le 13. Je veux que ce soit linéaire, continu, pour qu'on voie bien tous les développements, qu'on voie comme c'est lent, c'est brutal aussi, donc ça peut paraître rapide, mais quand on voit la dose de préparation dans la continuité, la lenteur est énorme, ça s'étire sans qu'on voie jusqu'où, sans qu'on puisse voir jusqu'où. J'avais l'impression que ça n'allait jamais finir, chaque étape n'en finissait pas de s'étirer. Chaque étape s'étirait et tirait sur la corde en même temps. Lent, et brutal, c'est ce que je veux dire. C'est ça que je veux dire. J'avais des envies de tout rompre, rompre la continuité dans le temps. Et puis non, jamais je ne l'ai fait.

Je me sentais coincée entre mes désirs de fuite, de disparition, jusqu'au 13 j'en ai eu tous les jours, et puis rester pour ma fille. Disparaître ou rester pour ma fille, c'est toujours le même conflit. Le 13, j'ai fait ma lecture. La salle était bourrée de monde, ils étaient sept cents. J'ai compris ce que c'était que le trac ce jour-là. Je l'avais déjà compris avant, mais chaque fois j'oublie, et je le réapprends. Je l'ai eu, je l'ai eu très fort, deux minutes avant d'entrer en scène je l'avais encore, j'avais mal au cœur, j'aurais voulu partir ça c'est sûr. Et ne plus jamais revenir. Disparaître définitivement.

Ou alors rentrer à Montpellier et mener une vie on ne peut plus tranquille, sur deux rues. Chez moi, des courses, et une visite à Fannette, c'est tout. Après la lecture les gens qui m'attendaient n'étaient pas comme d'habitude, et là j'ai compris pourquoi je faisais ça. Pendant aussi je le comprenais, pendant la lecture. Là je le saisissais, il n'y avait plus aucun doute, c'était palpable, visible, avec un filet à papillons dans la salle on aurait pu l'attraper. Je n'avais plus envie de disparaître, tout était redevenu naturel. Par la grâce de la littérature. La soirée était tellement bonne, les rapports étaient simples. J'ai pris le taxi pour rentrer, dans mon appartement, rue Victor-Massé, j'étais en paix. Je n'avais plus du tout besoin de rencontrer qui que ce soit. Je ne pouvais rien désirer de plus que ce que j'avais là. C'était parfait. Je pouvais tenir comme ça longtemps peut-être. Je ne m'occupais pas de savoir si quelqu'un était tombé amoureux de moi pendant la lecture, quelle importance, moi je n'étais amoureuse de personne, c'était parfait, je ne pouvais rien désirer de plus. Le 14, parfait. Le 15, j'allais à Montpellier, j'avais des rendez-vous, je devais faire une télé dans le tramway. Ça ne s'est pas très bien passé, mais ç'a été. J'ai vu Catherine, Fannette, ma mère, c'était parfait, parfait. Le 16 je suis rentrée à Paris, j'ai passé un bon week-end. Le lundi, j'étais bien encore. Je tenais vraiment le bon bout. Je me sentais bien. Ce n'était pas compliqué, c'était ça qu'il me fallait, il fallait que je prévoie à intervalles réguliers des événements avec le public, des événements qui me portaient, des moments avec des flashes de vérité, où les questions étaient résolues, suspendues, c'était ça, ce n'était pas autre chose, ce n'était pas une question de rencontre comme je l'avais cru. Et puis le mardi, je passe chez Stock, je vois Hélène, sur son bureau il y avait la cassette du film qu'on avait fait avec Lætitia en juillet. Elle venait de terminer le montage. Elle avait terminé le montage le 13 justement, la cassette était prête, et elle était pour moi. Je l'ai emportée. C'était un film qu'on avait fait pour Canal Plus, un court métrage, une commande sur un thème, l'érotisme. L'érotisme vu par... Par moi donc, je jouais dedans, le texte était de moi, Lætitia me filmait et bien sûr c'était elle qui réalisait et qui montait. Je rentre, la télé n'était pas encore installée mais le magnétoscope pouvait fonctionner. C'était la première fois que je le branchais. J'étais assise par terre, le dos contre le radiateur, la télé était par terre devant moi. Et ça commence. Elle a mis des intertitres entre les images. Les lettres étaient roses sur fond noir. On avait tourné à l'hôtel Raphaël fin juillet avec Léonore, Jean-Louis Murat et Pascal Bongard. Ça commence tout de suite par un panneau noir, lettres roses sur fond noir : Elle ne sait pas. Et moi derrière en voix off je dis : je ne sais pas, qu'est-ce que c'est l'érotisme, je ne sais pas, puis j'apparais. Deuxième panneau, même couleur, même lettrage : Elle réfléchit. Troisième panneau : Elle cherche encore. Et puis ça continue, je ne sais plus au juste à quel moment je vois arriver : Emmenez-la. Alors que j'étais très bien depuis cinq jours, depuis le 13. Je m'effondre. De nouveau j'ai envie de disparaître, tout est à recommencer. Ma respiration me lâche, la régularité de ma respiration me lâche. Je respire comme un animal traqué. Je trouve de nouveau la vie, ma vie, insupportable. Et c'est cette phrase-là, emmenez-la, qui me fout dedans. Comment l'expliquer exactement, je ne le sais pas encore, à ce moment-là. Mais comment elle a pu faire ça ? Comment elle a pu se mêler ? Mais je ne lui en voulais pas, je ne lui en ai voulu à aucun moment, elle fait un film, elle fait ce qu'elle a à faire, je n'avais pas de rancune, j'aimais le film mais j'étais au fond du trou, de nouveau, comme depuis des mois. Maintenant ça commençait à faire des mois et si on m'assommait à coups de emmenez-la, alors que j'avais un répit depuis le 13, je n'irais pas bien loin. Mes réserves étaient épuisées, tout le monde autour de moi pourtant le savait. Il ne fallait pas m'enfoncer. Je n'irais plus encore très loin comme ça. Emmenez-la ça signifiait, aimez-la, ne la laissez pas toute seule comme ça, ne nous la laissez pas sur les bras, dans le texte que j'avais écrit il y avait : emmène-moi, ça voulait dire, mon amour je t'en prie, emmène-moi, emmène-moi dans ta vie, emmène-moi où tu voudras, je te suivrai, où tu iras j'irai, c'était ça, emmène-moi. C'était un truc classique de l'amour. Qu'elle avait repris, et dont elle avait fait : emmenez-la. Débarrassez le plancher avec celle-là. Vous êtes sûrs qu'il n'y a personne qui veut l'emmener ? On ne la vend pas cher. Allez un geste, quoi, emmenez-la. S'il n'y a personne qui l'emmène, nous on l'emmènera on vous prévient. Mais emmenez-la donc, elle est jolie regardez, je l'ai bien filmée, elle a 41 ans vous pouvez bien l'emmener, elle écrit en plus, vous êtes sûrs que vous ne voulez pas l'emmener, non, personne ? Et puis ça continuait il y avait d'autres intertitres. Mais celui-là, je ne le dépassais pas. Là, on était le 18 septembre. J'avais tenu cinq jours, du 13 au 18. De nouveau j'étais au plus bas. J'ai appelé Lætitia, mais elle était sur répondeur.

Deux mois plus tard, j'allais comprendre un peu mieux. Je trouverai un élément. Fin novembre, je fais un saut dans le temps, je décide de parler avec ma mère de ses origines juives. Jamais on n'en avait parlé. Ma mère est née en 1931, en 43 elle a demandé à être baptisée pour être avec Janine Mouchel au catéchisme. Un jour dans la rue de l'Indre à Châteauroux il y avait les Allemands, c'était la guerre, elle avait une autre copine qui habitait en face, Janine Busseron. Elles jouaient ensemble, dans la rue, et là elle a reçu sa judéité en pleine figure. Elles se chamaillaient pour un jouet, en se traitant d'espèce d'idiote, d'espèce de folle. Et espèce de sale juive, brusquement. Ma mère ne comprenait même pas le sens, elle est allée demander à ma grand-mère, qui lui a expliqué tant bien que mal. Puis ma grand-mère a fait confiance aux gens de l'école, elle a écrit une lettre en disant à ma mère : tu donneras ça à ta maîtresse. La maîtresse la lit, elle ne dit rien. Ma mère s'assoit, la classe commence. Et tout d'un coup, suivi d'une réprimande pour quelque chose dont ma mère n'a aucun souvenir, le nom : Rachel Schwartz. Et : Quand on veut faire punir ses camarades. Elle l'envoie en punition derrière le tableau noir. Il y avait une autre fille juive dans la classe, elle ne l'a jamais revue. Et depuis elle n'a pas eu une seule relation, une seule amitié, un seul contact avec aucun Juif. Mais quand les Juifs sont concernés ça l'intéresse, elle lit les journaux, elle écoute les émissions. Quand Papon a été accusé d'avoir signé des papiers en tant que secrétaire général de préfecture, donc d'avoir envoyé des enfants dans les camps, elle a suivi l'affaire dans *Le Monde*, il s'est défendu en disant qu'il s'y trouvait forcé. Un journaliste disait : Beaucoup en ont fait autant. Mais il y a eu en France trois préfets, trois préfectures, trois secrétaires généraux de préfecture qui ont évité de signer les papiers et de faire la recherche des enfants, dont l'Indre. À partir de l'épisode à l'école elle a senti à partir de ce moment-là qu'il y avait un danger sur elle. Les maîtresses à cette époque c'était l'autorité absolue. Ma mère et ma grand-mère avaient une voisine, Mme Marron, mariée à un banquier et Alsacienne d'origine. Mme Marron avait un amant allemand qui venait la voir, les voisins la regardaient d'un sale œil, lui lançaient des quolibets par la fenêtre. Mme Marron avait dit : Qu'ils fassent attention tous ces gens-là, je pourrais leur faire du mal, Mme Schwartz, femme de Juif, et sa fille. Une copine de sa classe était juive aussi. Ma mère est restée peut-être grâce à ça, grâce au secrétaire général de préfecture de l'Indre qui n'a pas signé le papier sur lequel il y avait écrit emmenez-la. J'ai eu de nouveau envie de retourner à Montpellier pratiquement tous les jours. J'ai eu de nouveau envie de disparaître, et qu'on n'entende plus jamais parler de moi, sauf pour dire : elle a disparu, et encore, même pas. Après la lecture du 13 septembre ça allait mieux, je me croyais forte, alors que j'étais un fétu de paille, qu'on pouvait emmener, avec Lætitia Masson le sens était devenu érotique, emmenez-la.

Et justement à cette période l'érotisme était catastrophique. Je ne voulais plus qu'on m'emmène, j'avais peur qu'on m'emmène. J'étais trop fatiguée. Quand je disais : emmène-moi c'était emmène-moi parce que sinon on va m'emmener. Je prenais fait et cause pour la petite Schwartz qui jouait dans la rue de l'Indre. Je haranguais sept cents personnes, et il ne se passait rien, personne n'empêchait rien. J'étais en train de perdre toute ma confiance dans l'écriture. Est-ce qu'il sortait bien du son de ma voix, ou quoi, est-ce qu'il ne sortait rien ? J'étais peut-être muette en fait. Un jour on allait m'emmener mais pas *dans ces bras-là*, on allait m'emmener à la chambre à gaz oui. C'était ça qui m'attendait si ça continuait. La chambre à gaz, oui, voilà. La Grande-Motte, la thalasso, Paris, le déménagement, la Colline, et puis comme personne n'était venu, la chambre à gaz maintenant. C'était ça l'érotisme. Dans mon cas l'érotisme c'était la chambre à gaz et d'ailleurs j'allais le découvrir un peu plus tard. J'allais le découvrir dix jours plus tard. Pour l'instant, les dernières années, toutes ces années qui m'avaient tellement épuisée, après la séparation d'avec Claude, je m'étais épuisée dans des relations que j'ai décrites et dans d'autres dont je n'ai jamais parlé. Mais il y avait les deux cas de figure, d'un côté les tocards et de l'autre ceux qui ne voulaient pas souffrir. Je me heurtais beaucoup au silence. Je demandais des paroles pour qu'on m'emmène, pour qu'on vienne avec moi.

Ce n'était pas si simple, à moins de me mentir, ça ne se décrétait pas. Je n'étais pas angoissée, je n'avais pas peur, j'étais triste. Un jour chez l'acupuncteur, dans cette même période, j'avais envie de pleurer avec mes aiguilles dans les bras, au sommet du crâne, une sur le ventre, et dans les chevilles. Je m'étais dit tout d'un coup « qu'est-ce que tu fais là ? » Avec une couverture sur moi, j'en avais demandé une parce que j'ai toujours froid. Dehors il faisait plus de trente degrés mais j'avais froid, je restais plus d'une demi-heure sans bouger. J'avais demandé une couverture, elle était trop petite, sur mes pieds il avait mis ma jupe. J'avais froid, un bras n'était pas complètement rentré. Je m'étais mise à déprimer, de me voir dans cet état-là ; et de penser à je ne sais plus qui avec qui j'avais vaguement une histoire à ce moment-là. Une histoire. Et quand j'étais rentrée je lui avais dit : je pensais à toi. Lui – À moi ? Moi – Oui, à toi. Ça t'étonne ? Lui – Oui je ne vois pas pourquoi tu étais déprimée en pensant à moi. Ce n'est pas très agréable. Je ne vois pas pourquoi. C'était le décalage permanent, on était loin du disque de Deleuze sur Spinoza, que j'ai découvert seulement cet hiver. Si je l'avais connu à ce moment-là ça ne se serait peut-être pas passé comme ça. J'avais peur que les cabines d'à côté m'entendent. Je n'allais pas chez l'acupuncteur pour pleurer, mais c'est ce qui s'était passé. J'avais appelé l'acupuncteur une première fois il ne m'avait pas entendue. Il y avait plusieurs cabines à côté. Je voulais lui dire que je n'en pouvais plus. La deuxième fois il m'a entendue, il est venu, il a vu que je n'étais pas bien. Je voulais partir, je voulais qu'il m'enlève toutes ces aiguilles, pour prendre la tangente, annuler les rendez-vous à venir. Je ne voulais plus jamais me trouver dans cette situation sinistre. Et pourtant elle s'est reproduite la semaine dernière à La Grande-Motte en thalassothérapie, ça m'avait fait tellement de bien l'année d'avant. Là, j'avais pleuré toute la nuit, la fille qui me faisait la grande douche s'en est aperçue, elle a eu un mot gentil, elle m'a demandé, je lui ai dit que cette année j'avais eu une année difficile, que toute ma vie avait changé, et que j'étais donc très fatiguée. Elle m'a dit que ça, ça allait me faire du bien, que ça allait me détendre. Ça ne m'avait pas détendue, rien ne pouvait plus me donner aucune énergie.

Éric mettait des heures avant de m'embrasser. Quand on se promenait dans la rue, il ne me touchait pas. Quand je le frôlais, j'avais l'impression qu'il se reculait. Ça ne pouvait pas durer. Je ne pouvais pas supporter ça longtemps. Quand j'ai écouté le disque de Deleuze sur Spinoza tout ça s'est éclairé. Il fait une comparaison avec la vague. Il affirme tout d'abord que nous sommes voués à des idées inadéquates et à des passions confuses, et condamnés à en subir les effets. Mais il y a des gens qui arrivent à évoluer, qui ont la chance de s'en sortir, par la connaissance qu'ils arrivent à acquérir des rapports. Il y a plusieurs degrés de connaissance des rapports. Au lieu de parler directement de l'amour il parle de l'eau, de la vague, d'apprendre à nager. Ne pas savoir nager c'est être à la merci de la rencontre avec la vague, les vagues. L'ensemble des molécules d'eau. Dans le premier degré de connaissance des rapports, il y a moi, et il y a l'ensemble des molécules d'eau. Et j'y vais, je me lance, je barbote, je suis en plein dans mes rapports extrinsèques, je n'arrive pas à en décoller. Tantôt la vague me gifle, tantôt elle m'emporte. Je ne connais rien aux rapports qui se composent ou qui se décomposent. Je reçois les effets des parties extrinsèques, ce sont des parties qui m'appartiennent, mais qui vont à l'extérieur de moi et entrent en contact avec le dehors. Les parties qui m'appartiennent reçoivent les effets des chocs avec les parties qui appartiennent à la vague. Tantôt je rigole, tantôt je pleure. Ah maman la vague m'a battue. Ah, la table m'a fait du mal. C'est aussi bête de dire : Pierre m'a fait du mal, que de dire : la pierre m'a fait du mal. Mais c'est comme ça qu'on réagit dans les affects passions. C'est limpide quand on écoute Deleuze. Au contraire il peut y avoir : je sais nager. J'ai un savoir-faire. J'ai une espèce de sens, de rythme, la rythmicité. Ça ne se passe plus entre les parties mouillées de la vague et les parties de mon corps. Ça se passe entre les rapports. Les rapports qui composent la vague, les rapports qui composent mon corps, et mon habileté, lorsque je sais nager, à présenter mon corps sous des rapports qui se composent directement avec le rapport de la vague. Alors je plonge au bon moment, je ressors au bon moment, j'évite la vague qui approche ou au contraire je m'en sers. Tout cet art de la composition des rapports c'est la même chose pour l'amour. La vague ou les amours c'est pareil.

Dans un amour du premier degré, je suis perpétuellement dans le régime des rencontres entre parties extensives, qui vont au-dehors, sans rapport. Dans un grand amour, normalement j'ai une composition des rapports les uns avec les autres, je ne suis plus soumise au régime des idées inadéquates, aux effets d'une partie sur les miennes, d'un corps extérieur sur le mien, je suis dans un domaine beaucoup plus profond. Ce sont tous nos rapports, toutes les compositions de tous les rapports de notre corps, qui, dès le premier contact, tout de suite, se mettent à fonctionner. Et c'est cette espèce de souplesse ou de rythme qui fait que je présente mon corps, et mon âme aussi, je présente mon âme et mon corps, alors, sous le rapport qui se compose le plus directement avec le corps de l'autre. Et non pas avec mille chocs sans rapport. C'est un étrange bonheur. Je me demandais si j'avais déjà vécu ça, peut-être avec Claude. En tout cas d'après Deleuze l'amour existait.

Nous étions le 18. J'avais eu cinq jours de répit, et depuis emmenez-la, j'étais au fond du trou, de nouveau. À ne pas savoir, à ne plus savoir comment passer correctement les heures qui venaient. Tout était sujet d'angoisse, je ne pouvais plus. Sans compter que j'étais épuisée. C'était un mardi, le 18. Le 19 j'ai eu Lætitia au téléphone, je lui ai expliqué, mais je me suis surtout attardée sur la beauté du film. Bien sûr, ça l'emportait. S'il fallait recommencer, de toute façon je le referais. Je me livrerais à elle de nouveau pieds et poings liés, j'accepte les processus artistiques tels qu'ils sont, j'accepte que l'art ce soit l'intime livré au danger, et j'accepte qu'il puisse être détruit, comme j'avais dit dans une rencontre publique, ça peut se reconstruire. On s'est dit : au 22, parce qu'elle m'accompagnait aussi à *Bouillon de culture*. Mais il me restait quatre jours à passer. Pendant ces quatre jours, je me rappelle qu'en déplaçant une table basse j'avais éternué, et qu'en éternuant, mon dos s'était bloqué. J'avais très mal, je ne pouvais absolument pas rester comme ça. Je n'avais bien sûr aucune adresse à Paris. À Montpellier j'aurais su où aller, des ostéopathes géniaux j'en connaissais au moins trois, et qui m'auraient prise dans l'urgence. Là je ne connaissais personne. Je ne connaissais pas de médecins, rien. J'ai demandé à Frédéric, qui m'a donné l'adresse de l'ostéopathe de Paul Otchakovsky-Laurens. C'était dans le seizième. Je suis arrivée dans un immeuble très antipathique. Par la suite je me suis rendu compte que presque toutes les professions médicales dans le centre de Paris c'était ça, et avec des tarifs, le double de Montpellier pour la moitié du temps consacré. Il était grand, il avait une moustache, les yeux verts, les cheveux blonds ou roux, je n'aimais pas du tout ce type, il pratiquait des manipulations brutales. Et surtout qui n'ont servi à rien. Je ne pouvais pas aller sur le plateau dans cet état, le moindre mouvement m'était devenu douloureux. Jean-Marc m'a donné l'adresse du sien, dans le dix-septième, plus gentil. J'avais demandé à Jean-Marc : tu es sûr qu'il est bien ? Quand on sort, on voit vraiment la différence ? Il m'avait dit : un oiseau. Quand tu sors, un oiseau. Je me revois en train d'aller reprendre le métro vers Wagram je n'avais pas du tout la sensation d'être un oiseau. Et comme les manipulations sont violentes, ils touchent des zones qui correspondent au diaphragme, j'étais restée nauséeuse pendant quelques jours, j'avais dû prendre des médicaments contre les nausées. Au téléphone je sentais les professions libérales s'énerver. Celui du seizième quand je l'avais rappelé pour lui dire que ça n'allait pas mieux n'avait pas du tout apprécié, quand je lui avais dit que je m'étais rebloquée il avait joué les grands docteurs parisiens. Ces gens-là étaient d'une morgue. L'ostéopathe de Jean-Marc m'avait dit qu'il me regarderait à la télé. Et qu'il me donnerait son avis. Mais lui ça allait, il était plus simple. Un jour ce qui s'était passé aussi, c'est pour dire que j'avais vraiment tous les éléments contre moi, à part ces cinq jours, entre le 13 et le 18, dont je me souviens encore, juste avant emmenez-la, en rentrant un soir assez tard, en taxi, j'avais ouvert la porte, oui c'est vrai imprudemment côté rue, et un scooter ou une voiture avait heurté le rétroviseur du taxi, il m'a fait payer deux cents balles de plus pour ne pas faire jouer son assurance et ne pas mettre en péril son bonus. Je ne résistais même plus, je payais tout, je n'argumentais pas, je savais que je n'en avais pas la force. La seule force que j'avais c'était de dire : tenez, voilà, je ne discuterai pas, vous profitez de la situation mais je n'y résisterai pas. Je signalais juste qu'ils exagéraient. Et je partais. Je rentrais comme ça chez moi. Utilisée à bloc par une société régie par la pression, la compétition, et la haine, en permanence. Sachant qu'à Paris tout ça est décuplé.

Léonore m'a téléphoné ce matin, elle est à La Grande-Motte avec ma mère, je suis dans ce petit village, Ventabren. Elle m'a dit : j'ai fait un rêve bizarre, je ne savais pas si c'était un rêve, j'ai demandé aux gens si c'était un rêve. Elle a neuf ans, c'est une des premières fois qu'elle me raconte un rêve aussi clair, comme les adultes. Elle ne savait pas si elle était à Paris ou à Ventabren et elle ne savait pas si elle allait me voir. Elle est dans une école : la rue ça me faisait penser à Paris, et puis des enfants de Ventabren viennent me chercher, je comprends que je suis à Ventabren, j'étais persuadée que j'allais te voir, j'étais persuadée qu'on allait aller à Avignon. Je savais que c'était un rêve, mais je ne pouvais pas le croire, ça avait l'air trop réel. Je ne savais plus du tout où j'étais. À Montpellier, La Grande-Motte, Paris, ou Ventabren. J'ai même demandé à des gens si c'était un rêve, ça faisait trop bizarre. J'ai demandé à des gens, dans mon rêve, si c'était un rêve. Quand elle était au Texas, elle ne me téléphonait pas souvent, il y avait un décalage horaire de sept heures, elle commençait l'école à sept heures du matin à cause de la chaleur, quand elle sortait, elle allait jouer et quand elle rentrait c'était presque l'heure à laquelle je me couchais, ou étais sortie, il ne restait plus que le dimanche.

En dehors de ça, je ne sais plus qui je voyais à ce moment-là, je ne voyais pas beaucoup Frédéric, je ne sais plus. Et puis le 22 est arrivé.

Je ne pensais plus à tout ça, il ne fallait pas. J'étais happée par la concentration, ou par des petites choses. En fin d'après-midi j'étais allée dans une droguerie en bas de la rue des Martyrs, et puis j'étais rentrée, la veille j'avais acheté un bureau, on me l'a livré, en me faisant bien remarquer que, d'habitude, on ne le faisait pas. J'avais hâte qu'ils partent pour pouvoir enfin me préparer. J'avais lu dans un article paru le matin même, que quand il passait à la télé Jean d'Ormesson se mettait des escalopes de veau sur les joues quelques heures avant. Quand je dis que je ne pensais plus à tout ça, ce n'était pas tout à fait vrai, j'y pensais tous les jours. J'avais mis à jour le système qui finirait par faire le vide complet autour de moi. Quand j'étais très intime avec quelqu'un, quelque chose se mettait en place automatiquement, que je ne pouvais pas surveiller, un automatisme que je ne contrôlais pas, je devais mettre le doigt sur quelque chose, je ne voyais pas comment, je touchais les points sensibles sans aucune délicatesse sûrement, à chaque fois, j'avais une forme de cruauté qui s'exerçait dans l'intimité, aveuglément, je ne peux pas le décrire. Mais l'autre en face, a envie de me tuer. Je me disais : qui pourra m'empêcher de faire ça ? J'avais eu plusieurs fois quelqu'un en face de moi avec les mains accrochées à mon cou, ou à quatre pattes sur moi, ou alors au contraire à distance pour ne pas commettre l'irréparable, qui me prévenait : fais bien attention à toi, je vais te tuer là. Ne parle surtout pas, ne dis plus un mot, je t'assure, je ne plaisante pas, je vais te tuer. Ça leur arrivait à eux pour la première fois, de sortir de leurs gonds comme ça, ils ne se reconnaissaient pas. Combien de fois j'avais entendu ça : tu m'as fait sortir de mes gonds. Et pour ça on menaçait de me tuer. Ou alors ils disparaissaient, le plus vite possible, pour ne pas entrer dans une spirale infernale. La pulsion de meurtre pouvait aussi se retourner contre eux, ils étaient eux-mêmes menacés, Marie-Christine m'avait dit qu'elle avait sérieusement pensé à se suicider. C'était seulement au cours de crises qu'ils pensaient à me tuer moi, ils sentaient qu'ils ne se maîtrisaient plus, et pour me faire taire, pour me faire taire ou pour ne plus m'entendre pleurer, ou pour ne plus m'avoir sur le dos : fais attention, va-t'en, protège-toi. C'est pour ça que j'en étais arrivée à la conclusion qu'il valait mieux ne plus rechercher l'amour, il n'y avait aucune raison que j'arrête de mettre le doigt sur des points sensibles, puisque j'étais à peine consciente de mon geste, et aucune raison que ça devienne pour quiconque supportable. J'avais une forme de cruauté, qui donnait aux autres envie de me tuer. C'était très bizarre, personne ne comprenait, et je n'arrivais pas à expliquer. Donc le 22 arrive, je commençais très sérieusement à envisager la solitude comme une vie possible. Pourquoi pas ? J'étais encore sous le choc de « emmenez-la ». Le matin du 22 septembre ça n'allait pas. Il faisait beau, j'étais pieds nus dans mes chaussures, j'avais une jupe. L'émission était attendue parce que les gens avaient prévu que je m'en prendrais à Beigbeder, qui était aussi invité. C'est la nouvelle forme de censure, on prévoit d'avance vos réactions, comme ça vous ne pouvez plus en avoir. Et effectivement je n'en avais pas beaucoup eu.

On a eu envie de me tuer, pas au sens figuré, tuer, au sens propre. Ils me l'ont dit. Donc le 22 arrive. J'étais dans un état très précaire. Je n'étais plus portée par la lecture du 13 à la Colline, ce n'était plus qu'un souvenir, un très bon souvenir, mais c'était fini, ça ne me portait plus, j'avais une consommation de carburant incroyable, j'étais une voiture de course, j'étais une de ces voitures d'avant la crise. Je brûlais tout en quelques jours, et c'était comme ça de plus en plus. Quand on est comme ça, et qu'on en est conscient, c'est effrayant, parce qu'on sait, on connaît ses besoins, et quand à l'horizon on ne voit pas comment on va se renouveler, quand on voit d'un autre côté l'affluence d'efforts qui s'annoncent, d'épreuves, qu'on se sait déjà plus qu'à bout, et qu'on sait qu'au fond du réservoir il n'y a plus que trois gouttes, oui c'est panique à bord. On est sur le fil du rasoir tout le temps. On vit sur une goutte, une seule goutte d'eau alors que devant on voit s'étendre à perte de vue un désert, et on sait qu'on doit le traverser, et mieux : on sait, parce qu'on se connaît, qu'on va le traverser, alors on se dit, on se demande, cette fois, à quel prix. J'étais exactement dans cet état-là. D'où cette espèce d'espoir naïf aussi : si seulement quelqu'un venait m'aider. Un espoir stupide quand on sait ça aussi : où ça mène, de traverser le désert, nulle part. Donc le cul-de-sac. La voie sans issue. C'est une traversée du désert mais au bout il n'y aura rien, je l'avais compris. Mais le 22 est là, et là, il s'agit de ne rien laisser paraître, il y a un livre qui est là, qui s'appelle *Quitter la ville*, et je vais donner un dernier coup de collier, pour lui. Parce que j'y crois encore un peu à la littérature. C'était une des dernières traces qui me soutenaient, mais ça aussi, je savais que ça allait s'épuiser. Je le disais depuis six mois à Jean-Marc. Je ne pouvais pas abreuver indéfiniment une passion comme ça, indéfiniment, ça ne pouvait pas durer comme ça indéfiniment d'être à l'origine d'un flux. Mais j'étais coincée, je ne pouvais pas me laisser aller à autre chose que ce flux qui était le mien. Il n'y avait que le mien, mon flux, il n'y avait que moi et mon énergie, mon énergie propre, à moi, qui était capable de m'insuffler quelque chose. J'avais besoin d'un carburant qui soit le mien, sinon ça ne fonctionnait pas. L'énergie des autres ne suffisait jamais même s'il y avait eu quelques exceptions rares. Donc là encore impasse. Impasse sur impasse. J'en étais vraiment là. Et je voyais autour de moi quelques personnes qui en étaient là aussi. Je les voyais s'épuiser.

J'avais rendez-vous avec Jean-Marc au Café de la Paix à 21 heures. Il dînait avec sa mère et sa tante, je ne pouvais pas faire la conversation. C'était comme les coups de fil d'avant le 13, je ne pouvais pas répondre. J'avais beaucoup moins le trac que le 13. Lætitia arrive une demi-heure, ou un quart d'heure plus tard, on prend un taxi en direction de La Plaine-Saint-Denis. Je choisis dans le taxi un passage à lire au cas où Pivot me demanderait de lire, comme j'hésitais entre deux, je demande au chauffeur de choisir en lui lisant les deux.

On a eu un problème sur la route, une voiture s'est mise en travers, avec des menaces contre le taxi, on aurait pu rater le direct, c'étaient plusieurs garçons très énervés.

(« Elle écrit sa vie », on va encore dire.)

J'étais évidemment tendue quand on est arrivés. Comme les autres. Il y avait beaucoup de monde. Les auteurs, leurs amis, et quelques journalistes. Celui qui m'avait fait ma première interview fin août, au bar du Lutetia, un dimanche, alors que j'étais en pleine recherche d'appartement, était là. J'étais contente qu'il soit là. Il avait un costume bleu marine, je crois. Je l'ai trouvé bien. Il était vraiment pas mal pour un journaliste. Je fais l'émission. Ça se termine. Dès que je quitte le plateau je vais vers Jean-Marc, Lætitia, Andrea, Frédéric, pour leur demander comment ç'a été. Ils me disent très bien, et puis mon regard passe un peu plus loin, et je croise celui de Pierre Louis Rozynès donc, qui se doute de ce que je demande, et qui me fait un signe, de loin, qui veut dire bien. Un pouce en l'air ou quelque chose comme ça. Et là je me rends compte que son avis à lui me suffit, et amplement. J'ai tout, je suis comblée. Je suis sûre que c'était bien, j'ai confiance en lui. Mais j'étais fatiguée par l'émission, je n'avais pas envie de m'attarder. Il y avait un pot, je n'avais pas envie d'y aller, j'étais fatiguée, il fallait que je me décontracte. Je voulais aller dîner le plus vite possible pour me détendre. On avait rendez-vous dans un restaurant. Laurence devait nous y rejoindre. Elle ne l'a pas fait. Donc même l'amitié on ne pouvait pas compter dessus. La déception commençait à devenir générale. On était assez nombreux. Certains avaient dû s'attarder au pot, mais moi j'étais partie. Je suis arrivée avec la première voiture. On était placés. J'ai cherché mon nom. À ma droite, j'avais Laurence, du moins le carton avec son nom, elle n'avait pas encore annulé, et à ma gauche, j'avais lui, Pierre Louis Rozynès. J'espérais qu'il allait venir, et qu'il n'allait pas arriver trop tard et devoir se mettre en bout de table, j'espérais que les noms et les places seraient bien respectés. S'ils ne l'étaient pas, je ne me voyais pas remettre les choses en ordre. Donc c'est comme ça, à ces signes-là, que je constatais l'importance qu'il avait pour moi ce soir-là. Le 13, il n'était pas venu, à la Colline. Mais là il y avait un homme près de moi, même s'il était journaliste, et qu'il était venu pour son boulot, pour moi c'était un homme près de moi. Il m'avait demandé d'écrire dix feuillets sur l'émission pour son journal. Il y avait d'autres personnes extérieures, deux autres journalistes, et l'avocate de la maison. À Paris j'avais l'impression que tout se réduisait à la fonction et que le week-end les gens restaient seuls, souvent ils dormaient. Ils n'étaient pas sortis du week-end. Que s'ils étaient allés à un dîner, ils s'étaient presque toujours ennuyés. Qu'ils étaient presque toujours rentrés déçus. Et pourtant, objectivement, comme je le disais au début, il y a beaucoup plus de gens intéressants ici. Mais la pression parisienne est telle, que les relations n'arrivent pas à se construire. Les réseaux oui, mais pas des affections profondes. Pierre Louis Rozynès est arrivé. Quand il a vu qu'il était à ma gauche, il a dit : on me met aux places d'honneur, je vieillis. Les gens s'imaginaient donc que j'étais en mesure d'entendre encore, resouligner encore, que j'étais à l'honneur ce soir-là, que je n'étais plus un être humain, que je n'étais même plus une femme.

Que je n'étais plus comme eux. Qu'être à côté de moi au mieux c'était perçu comme être à l'honneur. Je voyais se profiler un avenir solitaire dans les jours qui venaient. Ça ne tarderait plus maintenant, je n'allais pas tarder à me mettre définitivement de côté, et ça ne m'ennuyait pas tant que ça.

Je préférais aller me coucher. Le lendemain il fallait que j'écrive les dix feuillets que Rozynès m'avait commandés, il fallait que je dorme. J'avais peut-être au moins mérité de dormir. Ce qui allait être bien dans la vie solitaire qui s'annonçait, c'était le repos. Je venais de passer presque trente ans où je m'étais épuisée. Jusqu'à mes treize ans, ma vie avait été à peu près normale, je n'avais pas eu à fournir d'effort particulier. Mais depuis ça n'avait plus arrêté. Ça faisait vingt-huit ans maintenant que je n'avais pas eu de pause. Je souhaitais dormir, écrire régulièrement si je trouvais encore un peu d'énergie, mon problème était là, l'énergie, la force, pas le courage, le courage je l'avais. Mais l'élan, la force, j'étais en train d'en manquer. J'allais en manquer. J'étais en train. Le repos. J'allais me reconstituer petit à petit et j'allais me forger une tout autre vie. Une vie reposante. Dormir. Ça c'était le plus important. Je souhaitais rentrer tout de suite après le dessert. Je voyais bien que ce ne serait encore pas ce soir que je me détendrais, les conditions n'y étaient pas. Les conditions n'y seraient peut-être plus jamais. Mais ce n'était pas très grave. Très bonne nouvelle au contraire. Au lieu d'aller puiser en moi toujours la force et le courage, j'allais essayer d'y trouver le repos maintenant.

Et j'allais rentrer dans quelques instants. Le 13 était passé, le 22 était passé. Les autres allaient pouvoir continuer de mesurer leur notoriété aux places d'honneur qu'ils avaient. Ma règle personnelle ç'allait être le retrait. J'étais invitée à Canal Plus, Rozynès m'avait dit : il faut que vous dynamitiez le système. Mais oui, je n'avais que ça à faire.

Quand le dîner s'est terminé, Frédéric, Laurent, Hélène sont restés, et... lui. On a fini par partir. J'ai dit que j'aimerais bien voir la cassette de l'émission, il l'avait, il m'a dit qu'il me la passerait le lendemain si je voulais. J'ai dit oui. Je suis rentrée. Il était cinq heures du matin. Je me suis réveillée à sept heures, j'avais une idée pour le texte qu'il m'avait demandé, à huit heures c'était fait. J'ai attendu une heure correcte pour appeler, et à midi je l'ai appelé. Je lui ai proposé de lui lire le texte que je venais de faire, au téléphone. Il m'a proposé de déjeuner, comme ça on ferait un échange, lui la cassette de l'émission, et moi la disquette de mon texte, pour son journal. On s'est retrouvés une heure plus tard, près de chez moi. J'ai appris qu'il avait un enfant de dix-sept ans, un fils, qu'il voyait rarement. On s'est quittés. La fatigue habituelle et les deux heures de sommeil de la nuit dernière s'accumulaient. J'ai reçu des coups de téléphone de gens qui me disaient que j'avais bien fait de dire ci ou ça la veille, à l'émission. Je n'avais plus que ça. Quelques compliments de temps à autre. Mes livres et mes apparitions publiques, on ne me reconnaissait plus qu'à ça. L'amitié, on voyait ce que c'était, Laurence n'était pas venue. L'amitié ne pourrait jamais remplacer l'amour. Il allait falloir que je développe au mieux les plaisirs qu'on peut avoir seul, le seul problème : je me demandais si tout ça n'était pas interdépendant. Lié. Si tout ça ne marchait pas ensemble, auquel cas je n'avais pas du tout de solution, même plus la solitude. Je me suis couchée très tôt le samedi soir, et j'ai dormi. Cet appartement était très calme. En tout cas à cette date-là. Quelques semaines après des gens ont emménagé au-dessus, et là ç'a été fini, j'entendais leurs conversations téléphoniques, et bien sûr leur musique, leurs fêtes, etc., tout, surtout qu'ils vivaient fenêtres ouvertes, ça résonnait dans une petite cour intérieure. J'avais beau téléphoner à la gardienne, ou monter chez eux moi-même, c'était terminé. Mais à cette date-là, le 23 septembre, le 24, le dimanche, ça allait très bien, j'avais pu dormir très bien. On entrait dans l'immeuble rue Victor-Massé, on traversait deux cours assez sombres, parce que les immeubles étaient hauts, j'habitais au septième étage. Une fois en haut, je donnais sur un ensemble de jardins et de cours intérieures, il y avait des arbres, et cette vue, panoramique, magnifique, qui faisait rêver, le jour comme la nuit. On pouvait dormir sans entendre un bruit. Je me réveillais, j'avais le plaisir de boire un thé devant une des plus belles vues du monde, si le ciel était couvert, ce n'était pas grave, la pénombre était superbe. Je commençais à être bien, je commençais à être bien installée, je me sentais bien dans cet appartement. J'étais tranquille et ça me faisait du bien d'être seule. J'avais de bonnes nouvelles du Texas. Tout ça n'a pas empêché le dimanche d'être une journée noire. Je me disais que, passé le 13 et le 22, c'était la première d'une longue série qui s'annonçait. Ça commençait déjà, ça commençait donc tout de suite, ça commençait tôt. Mais je n'étais pas étonnée non plus, toujours ce carburant qui devenait de plus en plus avide, et infertile, les choses qui n'avaient même plus vingt-quatre heures d'autonomie, les effets d'une chose accomplie, et correctement accomplie avaient des retombées positives un quart d'heure à peine maintenant. Et encore, je suis généreuse. Un dimanche désastreux. Je n'avais voulu voir personne, j'avais reçu des coups de fil, mais je préférais ne voir personne. Je ne voulais pas entendre de commentaires sur l'émission et je ne voulais pas non plus parler d'autre chose, du moins avec personne parmi tous ceux que je connaissais. Je n'étais pas sortie, pour me reposer. Je m'enterrais, je devenais parisienne. Le lundi matin, je ne sais plus quelle nuit j'avais passé, sans doute pas très bonne, vers onze heures je reçois un bouquet, des fleurs, des roses. Je me demandais encore ce que c'était, ce que c'était encore comme convention. Ce que c'était encore comme palliatif. C'était Pierre Louis Rozynès, il y avait un mot. Très chère Christine, Un égoïste, c'est quelqu'un qui se fait des cadeaux sur le dos des autres, le mien, aujourd'hui, c'est de vous voir sourire, là, maintenant, seule et sans public. Je vous embrasse. J'ai téléphoné deux heures après, le lendemain il m'a téléphoné, on a dîné ensemble, et ça a commencé.

C'était donc un mardi soir, le mardi 26 septembre. Je l'attendais vers neuf heures, on devait aller dîner. De huit à neuf j'étais tétanisée par la peur. Je n'avais jamais eu ça. Le plaisir et la peur à ce point-là. J'avais donc le trac tout le temps maintenant. C'était le trac maintenant qui avait remplacé chez moi tous les sentiments. C'était devenu mon seul sentiment. Je suis descendue, je l'ai aperçu de l'autre côté de la rue, j'avais peur. Il me plaisait, c'était sûr. J'aimais les yeux, je m'en étais rendu compte tout de suite, mais il y avait autre chose. On est allés dîner, on ne se regardait jamais en face. On était restés tout le temps à la surface de tout, à une certaine heure, on a repris la direction de chez moi, il m'a dit en me montrant un café, on prend encore quelque chose ? J'ai dit oui, un peu pour donner une dernière chance. C'était toujours aussi inintéressant. Il me disait qu'il était « en pilote automatique ». Je l'avais fait parler de sa vie privée, il m'avait dit que soit ça n'allait pas, et donc il arrêtait, soit ça allait, alors il ne bougeait pas, logique, quand on est bien, on ne bouge pas. Mais la personne en face n'était pas de cet avis-là, elle voulait « construire », et donc ça ne continuait pas non plus. Mais c'était très bien comme ça, disait-il. Ça donnait des histoires superficielles qui convenaient très bien à ses besoins. Qui lui convenaient très bien à lui. Le jour de la lecture, j'avais eu la raison de son absence, il devait venir, il avait presque le ticket de métro dans la main, mais il « s'était pris les pieds dans le tapis ». J'ai insisté pour savoir ce que ça voulait dire. Il avait rendez-vous avec une fille avec qui il avait prévu de venir, mais une autre qui lui plaisait plus avait téléphoné, et donc il s'était mis à hésiter, à annuler la première pour voir l'autre, bref il s'était pris les pieds dans le tapis, et il n'avait pas vu la lecture. Un peu plus tard j'ai dit que cette fois je voulais rentrer. Il m'a raccompagnée jusqu'à ma porte. On s'est dit au revoir. Je n'étais pas très fière. Rien n'avait évolué. On se plaisait, je ne me trompais pas. J'en étais sûre. Il était une heure et demie du matin. J'ai pris mon téléphone portable dans la main et j'ai commencé à jouer avec.

Et j'ai appelé. J'ai dit : je n'arrive pas à passer un fax, est-ce que vous pouvez m'aider ? Il allait répondre maintenant que c'était dit. À une heure et demie du matin, il était en train de traverser la Seine. Il m'a dit : vous voulez que je vienne ? J'ai dit oui. Il est venu, il est monté, il a commencé à regarder le fax, et puis il a arrêté. J'avais mis le bureau dans un coin près de la fenêtre, on était là. Debout près du fax qui ne marchait pas. Il s'est redressé. Ou plutôt, il s'est assis par terre, je ne sais plus. Il m'a tendu la main, je l'ai prise, et là, ça a commencé. Je me suis mise en face de lui, il y avait un espace. Non, pas tout de suite. Je n'étais pas en face, on était comme on était placés, comme ça dans la pièce, pas loin de mon bureau, il m'a tendu la main. Je l'ai prise. Elle était douce, et on reconnaissait un contact, qu'on n'avait pourtant jamais senti. On s'est mis face à face, un moment plus tard, je nous revois dans l'appartement, à un autre endroit, dégagés du coin, les deux mains l'une dans l'autre, c'était comme, excusez-moi de dire ça, mais comme une révélation. Rien que les mains. On a passé longtemps sans s'embrasser, il n'y avait que les mains, c'était un renseignement déjà, important. Il y avait un effet magique, insoupçonnable avant : ah bon, ça existe ? On s'est embrassés, ça je ne peux plus le décrire, je ne m'en souviens pas. Ce dont je me souviens, et je m'en souviens très bien, c'est : on est tout près l'un de l'autre. On se colle, et je sens son sexe qui est dur.

Ensuite on passe dans ma chambre. On ne se parle pas beaucoup. On passe aux yeux. Et aux sourires. Constants, et on ne se dit presque rien. Je me dis : c'est peut-être lui. C'est lui, c'est peut-être lui, c'est lui, c'est peut-être lui. Non pas que j'alterne ou que je change d'avis, mais c'était un balancement des deux phrases. Et lui il se disait : et si c'était elle. Ça se sentait. Toutes les caresses, tous les regards, il y avait cette phrase qui me venait. Et en même temps j'étais incrédule, et c'était ça qui était génial, mon incrédulité. C'est lui. C'est lui. Je le saurai demain si c'est lui. Il n'y a pas besoin de beaucoup de temps. C'est peut-être lui, ou c'est lui. Et lui c'est pareil, je le sens. On n'en parle pas. Je le sens dans le sourire, je le sens dans les yeux, et je le sens dans les mains. Et puis tout. Il n'y a rien qui ne marche pas bien, il n'y a rien qui rate. Et puis après je le sens, parce que ça n'a jamais été aussi facile, ça n'a jamais aussi bien glissé, jamais. C'est une question de taille, ou c'est une question de je ne sais pas quoi, je ne sais pas encore de quoi. De mesure ? Est-ce que c'est psychique ? Sûrement. Je ne sais pas. Je ne sais pas encore et je veux le savoir. De taille. C'est physique ? Il m'a dit que la première fois qu'il m'avait vue ici, qu'il était entré dans l'appartement, il y avait un parfum dès qu'il est entré, il s'était dit : j'aime son odeur. Il aimait mon odeur. C'est quoi, là, qui est érotique, c'est la chambre à gaz, il y a un peu de ça, un peu de chambre à gaz, mais je ne le sais pas encore, je le saurai le lendemain. Le lendemain il est arrivé chez moi, il a dit : je suis le seul Juif qui se cache en temps de paix, il était juif. Et c'était érotique aussi bien sûr la race. Il avait les lèvres charnues, violettes, c'était érotique, les yeux un peu bridés, les cils recourbés, je ne savais pas encore si ça l'était ou si ça me déplaisait, c'était tellement bizarre ces cils recourbés. Ça marchait, ça pouvait bien être lui. C'était manifeste, n'importe qui, qui aurait fait l'analyse l'aurait dit. Ça marche. Ça marchait. Il y avait quelque chose qui marchait. Les mains, ça marchait, les yeux, les gestes, ça marchait, les façons de faire, ça marchait. Il y avait énormément de choses qui marchaient, c'était peut-être lui, peut-être qu'avec lui ça pouvait marcher. Le lendemain. Le jour même. Il est resté jusqu'à quatre ou cinq heures du matin. J'aurais pu lui dire de rester, je l'ai laissé partir, il est revenu le lendemain. Il était le seul Juif à se cacher en temps de paix, donc, je l'ai déjà dit. Notre histoire avait deux jours mais elle était déjà semée de petites formules comme ça. Je ne sais plus, je ne peux pas raconter, raconter tout ça, je ne sais pas. Je ne sais pas le faire. C'est trop difficile pour moi. Ça glisse. C'était ça. Quand j'ai dit ça, quand j'ai dit : ça glisse, j'ai l'impression d'avoir tout dit. Je ne vois pas comment je peux mieux expliquer ce qui s'est passé ce jour-là. C'était bon. Ça glissait. Ça glissait tellement facilement. On se souriait. Et on se disait : quoi ? Quoi ? Rien. Pourquoi ? Rien. Je ne sais pas. Et toi, etc., etc., je ne sais pas, raconter ça. Ensuite. Le lendemain. Il revient. On passe comme ça plusieurs jours, à se revoir, il me téléphone la journée, un peu, on se voit. Rien n'est difficile. Je ne sais pas raconter ça. Ça glissait. Enfin. Ça glissait enfin. Enfin quelque chose qui allait. Quelqu'un qui allait. Qui pouvait aller. Mais j'étais fatiguée, on se couchait tous les soirs, on dormait tous les soirs à quatre heures du matin, et à sept heures je me réveillais, je n'en pouvais plus. Il y avait une chose qui n'avait pas changé, c'était la fatigue. Cette fatigue. Ça, ça n'avait pas changé. C'était intact. Pour ça personne ne pouvait rien faire pour moi. Le soir, il travaillait jusqu'à sept ou huit heures, il rentrait chez lui, il prenait un bain, et il ressortait. Il avait toujours vécu comme ça. Il avait toujours eu besoin d'un sas, d'un sas de décompression. Il lui fallait un bain et un temps avant de ressortir pour aller voir quelqu'un. Même si ça faisait tard pour moi. Qui n'avais jamais connu ça, des gens qui avaient besoin de ça, qui n'étaient pas pressés qu'on se retrouve le plus vite possible. Lui, il avait besoin de rentrer chez lui, de passer quelques coups de fil, dont un à moi, alors que je ne comprenais pas pourquoi ne pas se précipiter. J'essayais de suivre son rythme. Je savais que je ne pourrais pas longtemps. Je n'en parlais à personne. J'avançais à tâtons, je ne savais pas qui j'avais en face de moi, je ne le comprenais pas. Je ne savais pas qui c'était ce type. Ce Juif qui se cachait en temps de paix.

Il était difficile à comprendre pour moi. Les horaires étaient tellement retardés. Je me levais tôt. Très vite il est resté dormir avec moi, dès le deuxième jour. Le dimanche j'avais rendez-vous avec Jean-Paul au Café Beaubourg, vers 17 heures. On a déjeuné dehors, sur la terrasse. Je ne savais pas s'il aimait les terrasses, je ne savais pas s'il aimait le Café Beaubourg. Jean-Paul l'a croisé, je ne savais pas comment il le trouverait. Il ne me l'a pas dit, il m'a juste parlé de son air métèque, il a dit hidalgo. J'ai dîné avec Jean-Paul après, toujours au Café Beaubourg, après le spectacle qu'il m'avait emmenée voir. Une Américaine, Meg Stuart, c'est ça. Je devais téléphoner à Pierre, je suis allée le faire dans les toilettes. On passait beaucoup plus de temps chez moi que chez lui. En une semaine je n'étais pas encore allée chez lui une seule fois. On restait plutôt dans mon quartier, on restait plutôt dans mon appartement. On se retrouvait souvent après dîner, la question ne se posait pas, la question du lieu public. Je n'avais encore jamais été dans la situation de lui faire à manger. Toutes ces étapes-là on ne les avait jamais franchies. En allant au Café Beaubourg sur le scooter il m'avait dit : Christine, ç'a été une semaine extraordinaire. Et puis j'ai eu le rendez-vous avec Jean-Paul, le spectacle, et je devais lui téléphoner après. Je tenais mes amis à l'écart. Je tenais Frédéric à l'écart. Je le connaissais, je savais qu'il pouvait balancer des petites phrases. Je donnais mes rendez-vous au Chao Ba, quand j'habitais rue Victor-Massé. J'avais des rendez-vous réguliers avec Lætitia, deux fois par semaine, et avec Laurent une fois par semaine. Je ne sais plus comment c'est venu. Tous les deux savaient à quel point je n'en pouvais plus. J'ai donc été amenée à leur dire, avec toute la prudence qui était nécessaire, à ce stade. Je ne sais plus qui a dit quoi, mais à un moment, Lætitia, ou Laurent, les deux, mais à deux moments différents, ils n'étaient pas ensemble, ont dit, avec un sourire, un grand sourire : tu es amoureuse ? J'ai dit oui. Les deux ont dit, Laurent et Lætitia : je le connais ? J'ai dit oui, puisqu'ils étaient là le soir du 22. Ils ont dit, les deux : est-ce qu'il était là le soir du 22 ? J'ai dit oui. Lætitia a dit : c'était le type qui était à côté de toi ? Laurent a dit : c'est le type de *Livres Hebdo* ? J'ai dit oui. Et je leur ai dit : comment tu le sais ? Ils ne le savaient pas, mais quand je leur ai dit que j'étais amoureuse, pour eux ça ne pouvait être que lui, je leur ai demandé pourquoi. Lætitia m'a dit : d'abord parce que je le trouvais bien, et Laurent qu'il ne savait pas, qu'il en était sûr, comme ça. Je ne l'ai pas dit à Frédéric, mais un soir au téléphone on parlait de tout ça, de tous ces moments-là, qu'on venait de passer, ensemble, le 13, le 22, le livre, les gens, la soirée, la soirée du 22, on commentait les événements qui venaient d'avoir lieu, et les gens qui étaient là. On faisait le tour de la table. Untel et puis Untel et puis Untel. Untel est sympa, Untel est sympa, Untel est très sympa, et Untel, comment tu le trouves ? J'avais dit, pour tâter le terrain, Pierre Louis Rozynès, comment tu le trouves ? Frédéric, qui avait dû sentir quelque chose. Sûrement. Sinon je ne vois pas pourquoi il aurait dit ça. Il a dit ça pour me casser et pour se mettre au milieu comme d'habitude. J'ai dit : Pierre Louis Rozynès, comment tu le trouves ? Il me dit, un peu intrigant, c'est intrigant de dire ça, ça voulait dire qu'il se doutait, sinon je ne vois pas pourquoi il aurait dit ça, il a dit : tu veux dire, comment je le trouve, en dehors de ses qualités de journaliste ? J'ai dit oui. J'avais besoin qu'on m'en parle, c'est normal. Frédéric m'a dit : très, très sympa. Quand il est arrivé, et qu'il a dit : où sont les mannequins ? (On était dans un endroit branché, où souvent il y a des mannequins qui viennent dîner.) Quand il a dit : où sont les mannequins, j'ai pensé qu'il pouvait aussi bien parler de mannequins hommes que de mannequins femmes. Il était en train de sous-entendre qu'on ne savait pas bien de quel côté Pierre penchait. C'était la première chose qu'il trouvait à dire là-dessus. J'ai fait comme si j'entendais à peine, et je me suis arrangée pour ne plus lui en parler après, du tout. Nos rapports sont devenus complètement inconsistants, je préférais ça plutôt que de me laisser affaiblir par des propos pervers. Des insinuations qui ne prouvaient absolument rien. Auxquels je n'avais jamais su résister, face auxquels j'avais toujours été une proie facile. J'avais toujours dû opérer, face à ces gens-là, des ruptures brutales, longtemps après avoir entamé le rapport, et même développé l'amitié, des amitiés profondes, qui avaient impliqué des relations intenses, brusquement j'arrivais à la limite de ce que je pouvais supporter, leur perversité, je l'avais toujours rejetée tout d'un coup, mais seulement après, malheureusement, longtemps après, et sans explication, pourquoi ce jour-là plus qu'avant, je ne pouvais pas en fournir, c'était là, sans qu'ils puissent comprendre quoi que ce soit que je capitulais, je rompais, je ne donnais plus signe de vie, ou alors je donnais le change d'une manière qui ne les trompait pas, moi qui avais été toujours vivante dans les dialogues avec eux, je devenais sans qu'ils comprennent pourquoi et comment ça s'était fait, inconsistante, et je ne pouvais pas expliquer ce qui l'avait motivé, c'était une escalade dont je n'avais pas pu contrôler les degrés, le coup des mannequins, je faisais, d'un coup, machine arrière, sans que Frédéric puisse imaginer pourquoi, puisque des couleuvres comme ça j'en avalais régulièrement avec lui et habituellement je ne disais rien, il ne pouvait pas comprendre, il n'en avait pas les moyens, je m'étais accommodée pendant tant d'années de sa perversité, par une sorte de pitié. Mais là peut-être que tout d'un coup j'avais un petit espoir à protéger. J'avais peut-être un petit espoir à faire vivre, à nourrir, on ne savait pas. Je ne le savais pas. Si c'était lui, si c'était LA personne, si c'était Pierre LA personne, sur laquelle je ne comptais même plus, je ne devais pas laisser des phrases sur les mannequins ou d'autres imprévisibles, m'atteindre. Je ne pouvais plus me laisser toucher par n'importe quoi s'il y avait le moindre espoir. Le moindre. Si l'hypothèse des mannequins était la bonne ça pouvait sous-entendre un beau gâchis, ça pouvait révéler une sacrée merde, au lieu du coup de foudre. J'avais l'impression que c'était une espèce de coup de foudre, ou comme disait

Pierre une passion évidente. Il avait dit : je n'ai pas pour toi une passion violente, j'ai une passion évidente. Il l'observait, il commentait ce qu'il observait, et ça donnait ces phrases. Les mannequins ça sous-entendait que j'étais tombée sur un homosexuel refoulé qui libérait avec moi, qui avais les cheveux courts et une réputation de lesbienne, ce qu'il n'osait pas accomplir au grand jour, pour l'instant, si c'était vrai, si c'était ça la vérité, dès qu'il s'autoriserait à vivre sa passion pour les hommes il me lâcherait. Et, s'il ne s'y autorisait jamais, j'étais un pis-aller de toute façon, Frédéric me mettait ça dans la tête. Je regrette mais c'était ça, même si j'ai pu lire hier dans *Le Figaro* je crois, que je voyais toujours tout en noir. Ce qui n'est pas vrai, je vois les choses comme elles sont. C'est-à-dire contrastées, compliquées, nuancées et contradictoires, et paradoxales. Donc blessantes, forcément, toujours. Valérie Solvit avait dit à Emmanuel Pierrat, à un déjeuner chez Dominique, bien arrosé paraît-il, que Pierre était asexué. Ce qui n'était pas le cas, je pouvais en témoigner, qu'est-ce qui lui avait pris de dire ça, à Paris c'était comme ça les gens lançaient des trucs, et comme ils se voyaient peu, ils se connaissaient superficiellement, n'approfondissaient jamais, la rumeur était prise au sérieux, elle était considérée comme une information avérée, il était asexué. Mais moi qui pouvait me croire ? Qui pouvait être dans ma tête ? Ça faisait même longtemps que je n'avais pas rencontré quelqu'un qui le soit autant. Mais évidemment, moi, qu'est-ce que j'étais ? Est-ce que j'avais la parole, moi ? Qu'est-ce qu'il valait mon avis ? Pas grand-chose. On avait failli m'emmener, on n'allait pas recueillir chacune de mes paroles. Ce n'était pas grave, mais s'il y avait le moindre espoir, cette fois, j'y veillerais. Les langues perverses, un temps, un certain temps, le temps où j'allais être susceptible, pas assez forte, pas encore assez forte, je m'en couperais. Frédéric avait recommencé quelques semaines plus tard, cette fois je lui avais dit. J'avais rendez-vous avec Pierre à l'angle de la rue de Rennes et de la rue du Sabot, Frédéric m'accompagnait, Pierre était en scooter. Le lendemain au téléphone, Frédéric m'a demandé si ça allait, je lui ai répondu oui mais je suis fatiguée, comme toujours. Il m'avait dit : tu fais trop de moto. Il s'insinuait donc partout, entre mon pantalon et le manteau de Pierre auquel j'étais collée sur le siège du scooter il trouvait encore de la place et sous prétexte d'ironiser il m'humiliait jusque dans ma sexualité en la commentant comme si c'était possible, n'hésitant pas à faire jaillir de son cerveau des images de moi en train de chevaucher Pierre, au point de me retrouver bien fatiguée le lendemain. C'était ma vie privée, on ne pouvait pas en parler, ça ne le regardait pas. Elle ne regardait que moi, et personne ne pouvait s'imaginer comme elle était vraie. On était vrais. Personne ne pouvait se l'imaginer. Alors peut-être que c'était faux. Il fallait donc attendre qu'il y ait moins de risques, avant de parader à l'extérieur. S'il y avait le moindre espoir, il viendrait un temps où on serait inattaquables, ce n'était pas encore le moment. Il fallait attendre, là on pouvait nous tuer encore. Ce qui nous réunissait n'était pas identifié encore, si quelqu'un commençait à faire des hypothèses, on ne pourrait plus les effacer, ça pouvait être grave. Le début conditionnait la suite, et on était encore vulnérables, s'il y avait le moindre espoir. Et il y avait peut-être un espoir. Moi-même je n'y avais pas cru pendant des jours, les jours qui précédaient le 26. Les jours qui précédaient, pas seulement le 26, mais la seconde précise où on était les deux seuls témoins d'un truc bizarre. Tout ce qui nous réunissait était mystérieux et allait le rester encore longtemps. D'autant qu'entre nous on ne se parlait presque pas. On se regardait beaucoup, on ne faisait que ça, mais on ne se parlait pas, presque pas. Sauf de longs monologues hésitants dans lesquels il s'aventurait. Où il se dévoilait à lui-même, il sentait que c'en était fini de sa tranquillité et c'était la première fois, ça le surprenait. Il avait toujours des formules, il parlait par formules, que par formules, presque exclusivement, il avait dit une nuit : nos ennuis commencent. Alors que physiquement pourtant ce n'était pas une succession de positions nos rapports sexuels, ce qui aurait pu être l'équivalent de toutes ces formules. On en restait aux grands schémas dans ce domaine, à part les monologues hésitants.

Une autre formule, ç'avait été, mais ça illustre les craintes. On était au lit, chez moi. On parlait des quelques jours qui avaient précédé. On se faisait part du trait qu'on avait tiré l'un sur l'autre, quand on s'était rencontrés. On s'était rencontrés, on avait été attirés l'un par l'autre, mais de mon côté je me disais qu'un journaliste c'était hors de question, ça l'avait toujours été, je voulais un artiste. On voit le monde de deux façons trop radicalement opposées. Je ne pouvais pas continuer d'aimer des gens qui étaient le contraire de moi, ça finirait par me démolir, j'étais déjà assez fatiguée, je ne voulais plus faire de tels efforts pour aimer, ça me tuait, cette fois je voulais aimer quelqu'un qui soit de la même race que moi. Et justement, les journalistes ne le sont pas, je l'avais expérimenté plus d'une fois. Je lui disais que c'était exclu un journaliste. Et pour lui aussi j'étais exclue avant le 26, pour les mêmes raisons. Quand il y pensait, la formule qu'il avait trouvée, c'était : il ne manque plus que l'appartement rue du Four. Une formule intérieure, la réflexion qu'il s'était faite à lui-même. Il se moquait de la situation. À l'époque je trouvais ça drôle. Four pour moi c'était juste rue du Four, après à la lumière d'autres événements, d'autres scènes, qui allaient avoir lieu, je la verrais autrement cette formule. Le seul Juif qui se cache en temps de paix vivant rue du Four avec moi, il ne manquait plus que ça. Le jour du Café Beaubourg, le premier dimanche, quand je lui ai téléphoné en bas dans les toilettes, il m'a dit : tu me manques déjà. J'étais content de partir, d'aller travailler, et puis tout d'un coup, je me suis dit : pourquoi elle n'est pas là ? Un scénario qui allait se répéter mais dont j'allais me lasser. Assez vite. Je pensais rentrer chez moi, il m'a dit : qu'est-ce que tu fais ? Tu veux qu'on se retrouve ? J'ai dit oui, même si j'étais fatiguée, et que pour une fois j'aurais bien aimé me coucher pas trop tard. Ç'avait été quatre heures du matin toute la semaine, j'espérais me reposer. Il voulait que je vienne chez lui, mais c'était impossible je n'avais pas de médicaments chez lui, je n'aurais pas dormi. On a dû dormir chez moi, je ne me souviens pas. Il m'a dit : je viens te prendre au Théâtre de la Ville. Je suis allée retrouver Jean-Paul, qui m'a dit : on va au Châtelet. Ça me convenait. Il m'a dit : tu prends un taxi. J'ai dit : non, j'ai rendez-vous là. Jean-Paul est parti de son côté, Pierre est arrivé, en scooter, je suis montée derrière et on a dû aller chez moi. Ç'a dû être encore un coup de quatre heures du matin. La semaine d'après j'ai commencé à en parler un petit peu, j'en ai parlé à Laurence. Je lui disais : ça pourrait être lui. Je disais à Pierre à qui j'en avais parlé. Il voulait savoir ce qu'ils en pensaient et ce qu'ils en disaient, comme si ça devait l'aider lui à savoir. Je lui disais : quelle importance, qu'est-ce que tu veux qu'ils disent ? Qu'est-ce que ça peut te faire ce qu'ils pensent ? Il voulait savoir si mes amis trouvaient ça bien pour moi. Le samedi suivant, on avait dormi chez moi le vendredi soir, Stéphane l'a appelé. Ils étaient un petit groupe de garçons, d'hommes de quarante ans, qui se téléphonaient et qui se retrouvaient le samedi, qui déjeunaient dans un restaurant italien du neuvième, Paparazzi. Ce samedi-là, Stéphane a téléphoné, on était dans la rue, place Toudouze, ils se sont donné rendez-vous dans le dix-huitième, pour le brunch. Je suis venue. Avant le rendez-vous on s'est baladés dans les escaliers du Sacré-Cœur. Ensuite le dimanche on a commencé à avoir des problèmes. Je ne les cernais pas encore. Maintenant je pourrais expliquer. À ce moment-là je subissais sans comprendre. Le rythme n'était pas le bon. On n'avait pas de rythme ensemble, de rythme commun, ça n'allait pas, ça ne se déroulait pas. Mais je n'avais pas d'explication à ce moment-là. Le dimanche matin, il se réveillait, il prenait un bain, et il ne tenait plus en place. Dès qu'on passait plus de trois heures d'affilée ensemble dans la journée, à l'exception du premier dimanche au Café Beaubourg, qui restera une exception, je le sentais pressé de partir, quitte à revenir après d'ailleurs, mais le plus souvent pour rester chez lui. Téléphoner chez lui, travailler chez lui. Sortir pour acheter des journaux, s'arrêter acheter un sandwich, et revenir pour repartir. Oppressé. Sans que j'aie pu m'y attendre. Je ne comprenais pas ce qui se passait. Pourquoi les choses ne coulaient pas, ne se déroulaient pas ? Ne s'enchaînaient pas ? Il y avait des sas. Si on ne les respectait pas, le contact ne se faisait pas, ça prenait encore plus d'heures. Je n'avais pas assez de temps pour me rendre compte si c'était lui ou pas. Il n'y avait pas de lien d'un moment à l'autre, pas de déroulement. Ensemble. Tout s'arrêtait. Il y avait un moment où il commençait à être désagréable, mais pas ouvertement, c'était latent, une agressivité latente. Qui, pour être découverte, devait être débusquée, par moi, qui en souffrais sans pouvoir reprocher aucun geste, précis, particulier. Je constatais une distance, une gêne, un besoin de partir, une accusation indirecte, latente, de l'emprisonner, de le cloîtrer, de lui faire supporter des choses que jamais de sa vie il n'avait l'intention de supporter. Quelque chose comme ça. À ce stade c'était difficile à expliquer. Je ne pouvais donc pas me laisser aller non plus. Je me serais tout repris dans la figure. Quand il arrivait parfois le soir, on en est, là, à disons deux semaines ou trois semaines, il arrivait, il m'embrassait. Il disait : j'ai l'impression que ça fait des jours. Mais une fois qu'il avait dit ça, une fois qu'il m'avait embrassée en disant ça, il ne bougeait plus, il restait sur un fauteuil sans plus s'avancer vers moi pendant des heures. Alors que j'étais fatiguée, je voulais aller me coucher pour faire l'amour et dormir pas trop tard, Mais non, le temps d'attente était démesuré. La tension ne l'avait pas encore quitté. Il lui fallait un temps très long avant qu'il ne se réveille, et vienne alors là tout d'un coup. Je détestais et j'aimais, à chaque fois ça me surprenait, je ne m'y attendais jamais, ça marchait quand même alors, à chaque fois donc. Je pensais qu'on était entrés dans une phase d'ennui, mais non, ça reprenait à chaque fois, ça resurgissait, ça me déprimait comme je l'avais rarement été pendant le moment de latence, et puis quand ça revenait, ça arrivait de nulle part. (Et alors là oui ça m'emmenait.) Ça sortait, donc, comme dans notre histoire d'un moment désespéré. Et puis ce terme, d'histoire, je ne l'avais jamais employé. J'avais toujours refusé. Il m'a dit : parce que tu penses un début, un milieu, une fin. Mais on a une histoire. Tu as une histoire. On a une histoire d'amour ensemble au milieu des histoires du monde. Il m'avait dit ça un jour au téléphone, un jour où on était restés une heure. Je lui disais que je n'arrivais pas à écrire parce qu'il ne m'arrivait plus rien. Il m'avait dit : comment tu peux dire ça, tu as une histoire d'amour. Il t'arrive quelque chose. J'avais l'impression que c'était plus important pour lui que pour moi. Il avait besoin régulièrement de reconstruire toute la généalogie de l'affaire, de la résumer en trois formules, et pour ça, il lui fallait des échanges qui ne soient pas physiques du tout, Où il ne me voyait pas c'était mieux, comme au téléphone.

Un autre dimanche, j'avais dormi chez lui le samedi. Il habitait près de la place de la Contrescarpe, rue Descartes, là on est à J + 15, à peu près. Le matin, il se levait avant moi, j'étais réveillée avant lui, toujours, mais il se levait avant moi, il allait se faire couler un bain, il préparait son café, qu'il buvait dans son bain, en lisant les journaux. Près de sa baignoire il y avait des piles de journaux, qui avaient été mouillés, qui avaient séché, tous les journaux, *Voici, Paris Match, Le Monde diplomatique, L'Express, Le Figaro, Libé, Gala, VSD, L'Événement, Le Journal du dimanche, Les Inrockuptibles*, il n'y a que *Télérama* que je n'avais jamais vu chez lui, *Le Nouvel Observateur* bien sûr, et même *Max*, même tous les nouveaux masculins dont j'ai oublié le titre, *Le Nouvel Économiste, Géo, Politis* si ça existe toujours, *Le Canard enchaîné* bien sûr, *Charlie Hebdo*, le journal de Karl Zéro, *Entrevue* aussi, tout. Moi aussi j'en avais des réflexes de fuite. Moi aussi j'avais envie que tout ça s'arrête. Je n'étais pas encore attachée, attachée au point de ne plus pouvoir bouger, je pouvais partir, j'en avais tout à fait la possibilité. Ce dimanche matin-là, je sentais qu'il n'avait qu'une hâte c'était que je parte. Donc je l'ai proposé avant même qu'il ne le dise. Et il a dit oui. Et je suis partie en le laissant dans son bain sans même lui parler. Parce que moi aussi j'en avais des réflexes de fuite. J'en avais beaucoup eu. J'étais souvent partie. J'avais souvent pris des bus et des taxis, pour sortir de vies qui n'étaient pas la mienne, ça me frappait tout d'un coup parfois et alors je partais. D'un coup. Parfois je passais dans une pièce où je n'étais pas chez moi, je me voyais, je me voyais là, et je me demandais pourquoi j'étais là. Chez lui ça ne me l'avait jamais fait, mais je connaissais, je me trouvais devant une vue qui n'était pas familière, pas chez moi, je me voyais là, et un flash tout d'un coup m'avertissait que ce n'était pas ma vie. Ce n'est pas ta vie. Ce n'était pas ma vie, et j'avais envie, à partir de là, de cette prise de conscience, de partir bien sûr, pourquoi je serais restée une minute de plus dans une vie qui n'était pas la mienne, à alimenter des discussions qui nourrissaient les autres, je n'avais pas assez de carburant pour ça. Plus assez. Plus assez d'inconscience non plus. Et puis pas de besoin illimité d'amour non plus, qui aurait fait qu'à n'importe quel prix je pouvais supporter d'être hors de ma vie. Et je le regrette bien, parce qu'à chaque fois que j'avais été hors de ma vie, quelles vacances, si ça ne tournait pas à l'angoisse, quel repos ça pouvait être parfois. Mais ça tournait toujours à l'angoisse tôt ou tard. Toujours j'avais besoin de revenir dans mon sillage, et d'une certaine manière, je le dirais même encore aujourd'hui : hélas. Oui, j'aimerais bien. La seule chose qui était bien à Paris, par rapport à Montpellier, c'est que le métro me menait partout. Moi qui ne conduis pas j'étais enfin indépendante. D'un coup de métro je me retrouvais chez moi, sur ma vue panoramique. Ce petit appartement je l'avais choisi pour moi, et il me convenait très bien. Je l'avais choisi pour être un refuge, ça marchait. Et j'aimais le quartier aussi. Finalement j'étais revenue, j'avais juste descendu l'escalier, j'étais remontée, j'étais rentrée, j'étais près de lui, il était toujours dans son bain, avec les journaux, dans la salle de bains, avec toute la pile de journaux à côté qui avait séché. Je lui avais dit que je n'avais pas envie de partir. Il m'avait dit : mais il faut que je travaille, on va se revoir. Il n'y a pas de drame. J'étais repartie mais plus calme. Comme j'avais plus ou moins coupé avec tout le monde, je ne voyais personne dans la journée quand ça se passait comme ça. Je n'allais pas au cinéma. Je dormais, j'essayais de récupérer. Je n'arrivais pas à me dire que j'étais dans une histoire d'amour. C'était trop calme, et puis ça ne portait pas. C'était peut-être une histoire d'amour mais elle ne me portait pas, pas suffisamment. On était trop distants, et pourtant je le sentais toujours à portée. Jamais je n'ai eu d'angoisse de l'avoir perdu, sauf peut-être deux fois. Alors qu'avec Marie-Christine ça m'était arrivé très souvent. Donc ça c'était très important. J'avais peut-être confiance. Parce que la perte, la peur de la perte ça peut être très érotique, je l'avais vécu à mes dépens, mais ça provoquait le désir artificiellement. Ce qui me plaisait chez lui, ce n'était pas des fantasmes liés à lui, c'était lui. Je crois. Un jour. Je dois passer des étapes, et peut-être dans le désordre. Un jour j'ai senti que j'étais en train de m'attacher physiquement. Qu'on était en train de s'attacher physiquement. Physiquement, et tout le reste. On était en train de s'attacher, en train de, et je sentais que c'était à ce moment-là, que c'était en train de se faire, là, je ne sais plus quel jour, mais je revois la scène, je revois le décor, je revois la lumière, c'était chez lui. Et je lui ai dit, je ne sais pas s'il s'en souvient. Je lui ai dit : tu sais qu'on est en train de s'attacher là ? C'était son corps, tel qu'il était, qu'il allait me falloir maintenant, si j'avais des réflexes de fuite, ils me coûteraient cher maintenant, j'étais en train de m'attacher, et de m'attacher physiquement. Bientôt je ne pourrais plus bouger. Même si ça devenait intenable. Puisque je serais attachée, puisque j'étais en train de m'attacher, et que j'étais, là, sur le moment, là, en train de le sentir, physiquement, j'étais en train de l'éprouver, j'aurais pu toucher tous les points auxquels j'étais en train de m'attacher. C'était palpable, c'était palpable sur le moment. Avec une lumière bien particulière, des sons bien particuliers, un jour précis, début novembre. Il y a eu un moment aussi, j'arrivais chez lui, je revenais d'un rendez-vous au Lutetia, j'avais voulu lui laisser le temps, j'étais arrivée assez tard, il avait eu le temps de se changer, et de prendre son bain, il était en T-shirt, un T-shirt blanc, et on s'embrasse. Un jour en partant de chez lui, j'avais fait une mini-crise au sujet de ma fille qui allait revenir. Je ne sais plus, peut-être un mot malheureux qu'il avait eu au sujet des enfants. Un des meilleurs souvenirs amoureux qu'il avait eus avec une fille, ç'avait été un week-end à l'île de Ré après un avortement. Sa qualité préférée c'était la discrétion. Il n'en avait parlé à personne lui quand il avait souffert, les souffrances discrètes pour lui étaient les plus grandes, mais ça je l'ai compris bien après. Quand j'ai vu qu'il ne supportait pas que je crie. Que je pleure. Ce qu'il aimait dans ma jouissance c'est qu'il la trouvait discrète. Il me disait : tu jouis encore plus discrètement que moi. Je dormais rarement chez lui. Notre endroit c'était chez moi, c'était vierge, personne d'autre n'avait jamais dormi dans le lit, il avait été mon premier invité, dans l'appartement, et dans le lit. Un dimanche, j'avais été faire des courses rue des Martyrs et on avait déjeuné, c'était la première fois que je faisais la fée du logis, je faisais ça encore plus discrètement que de jouir. Je n'envahissais pas. Jamais. Et chez lui c'était pareil, on se faisait griller du pain, et c'est tout, et on ne le mangeait pas ensemble. La seule chose qu'on faisait ensemble c'était l'amour, et d'ailleurs ça allait commencer à me peser. Quand j'avais dormi chez lui la veille, dormi c'est beaucoup dire, entre l'heure et le bruit dans la rue, c'était presque impossible pour moi. Il me prenait le matin sur son scooter et il me déposait à Sèvres-Babylone, je rentrais chez moi. Un mardi soir j'étais allée faire *Nulle part ailleurs*, après on avait dîné dans mon quartier avec Hélène, je lui avais dit, elle aussi elle avait rencontré quelqu'un. Elle avait dit : on prend du champagne. On se connaissait depuis un peu plus de deux semaines. *Nulle part ailleurs* c'était le 10. On ne dormait pas ensemble tous les soirs. Jamais on ne se voyait avec d'autres, sauf des brunchs avec ses amis, et ça je n'aimais pas, c'était trop caricatural d'une certaine tranche d'âge dans un certain milieu à Paris. Une fois au Doobie's, rue Marbeuf, on était six, et il avait laissé une place vide entre lui et moi, la discrétion chez lui c'était une maladie. Il ne voulait rien dire, rien afficher, rien laisser paraître.

Le mardi soir où je l'avais retrouvé chez lui, ce jour-là où il m'avait tellement plu, avec son T-shirt blanc, j'étais au Lutetia avec Jean-Luc Douin et Lætitia, pour une interview. Jérôme Béglé est passé, nos regards se sont croisés, il m'a dit bonjour, et moi aussi. Mais deux jours après, le jeudi, vers midi, j'ai reçu un coup de fil de Jean-Luc Douin, qui m'apprenait ce qui s'était passé une heure après. L'entretien avait commencé à seize heures. Lætitia avait commandé un thé, j'avais commandé un déca comme d'habitude. Vers quelque chose comme cinq heures, j'ai aperçu Jérôme Béglé. J'aurais aimé que nos regards ne se croisent pas, mais ils se sont croisés. J'ai dit bonjour, j'ai fait un signe. On a terminé cet entretien vers dix-huit heures. On a traîné encore une heure Lætitia et moi, puis on est sorties, sur le boulevard Raspail, il était dix-neuf heures, on a vu passer Béglé derrière nous, Lætitia est allée de son côté, moi du mien, je suis allée jusqu'au Bon Marché et puis j'ai marché jusqu'à la rue Descartes, en n'y pensant plus. Deux jours plus tard, Jean-Luc Douin m'a appelée chez moi : est-ce qu'il s'est passé quelque chose Christine au Lutetia après mon départ ? Moi : non, qu'est-ce que vous allez encore m'annoncer ? Venait de sortir de son bureau quelqu'un, quelqu'un qui lui avait demandé de ne pas me révéler son identité, qui lui avait dit que Jérôme Béglé était arrivé à dix-neuf heures quinze à l'hôtel des Saints-Pères ce mardi soir-là, et avait dit : j'étais au Lutetia, il y avait Christine Angot, elle m'a dit : vous n'avez pas honte de vous ? Je lui ai répondu : et vous, vous n'avez pas honte de votre livre ? Et elle ma jeté sa coupe de champagne au visage. Là-dessus quelqu'un d'autre a dit : ça ne m'étonne pas, celle-là, elle est prête à tout pour se faire remarquer. Douin voulait vérifier auprès de moi avant de passer l'information au *Canard enchaîné*. Je lui ai demandé de ne pas le faire, ça allait encore me retomber dessus. Ça aussi, ça faisait partie des choses qui nous attachaient l'un à l'autre, comme quand j'avais été invitée chez Ardisson quelques jours plus tôt. J'étais fatiguée. Ardisson enregistre toujours tard. L'enregistrement dure des heures et après il monte l'émission, ce qui lui donne son rythme. Hélène était avec moi, et j'avais demandé à une amie, Andrea, de venir aussi. Il vaut toujours mieux être accompagné, la télé c'est un stress, on ne sait jamais ce qui peut se passer. Ce n'est pas un terrain qu'on maîtrise, il ne faut pas l'oublier, et moi je n'y pensais pas ce jour-là. Tout ce que je voyais c'était que j'étais épuisée. Que je n'avais pas envie de ressortir de chez moi si tard, que je n'avais qu'une envie c'était de me coucher. Je n'avais aucune envie de m'habiller, de me faire maquiller, et d'être filmée, surtout à cette heure-là. Ce n'était pas *Tout le monde en parle* qui me stressait c'était le fait de sortir. Je me rappelle très bien. Il faisait déjà froid. Et surtout j'étais fatiguée. Je ne voulais pas faire d'effort. J'irais à l'émission, c'était ma pratique d'aller dans des endroits publics, aucun endroit n'était spécialement accueillant et aucun donc spécialement hostile. Je pouvais bien aller n'importe où, je n'avais pas d'endroit attitré ni de chez-moi spécial, ça datait d'il y a longtemps, c'était même peut-être inscrit dans mes gènes. Je pouvais aller à *Tout le monde en parle*, à *Bouillon de culture*, à *Nulle part ailleurs*, je n'étais à ma place nulle part, ça ne changeait rien. Ça m'était égal l'un ou l'autre endroit. Quand des gens me disaient : mais il ne faut pas aller dans ces endroits-là, des écrivains qui choisissaient, je ne comprenais même pas. Pourquoi là et pas là. Donc. Le 12 octobre, avec une flemme terrible, je me suis préparée. Je me suis habillée je ne sais plus comment. J'étais allée chez un coiffeur rue du Four justement. Je n'avais plus de coiffeur, je n'arrivais pas à remplacer celui de Montpellier. J'avais payé six cent cinquante francs, à Paris, dès que les gens peuvent exagérer ils exagèrent, tout est dicté par l'intérêt, et il est mal vu de faire des remarques sur le fric. En me coupant les cheveux, la fille avait regardé mon ancienne coupe d'un air apitoyé, comme si jusque-là mes cheveux avaient été coupés par un bûcheron, et de sa hauteur elle considérait le travail d'amateur de province qui avait été fait jusque-là, avant d'arriver jusqu'à elle, heureusement elle allait me couper les cheveux en pas moins d'une heure, à sec, effilés, ce qui allait enlever cet effet boule de ma coupe actuelle. On n'était même pas à la mi-octobre et je ne pouvais déjà plus supporter. J'étais allée voir la pièce de Jeanne Moreau, l'imposture était partout. Elle imprégnait toute la ville. Toute personne que je rencontrais était ou cinéaste ou écrivain ou photographe. Le dimanche au Doobie's, c'était ça la clientèle, producteur de cinéma, musicien, publicitaire, actrice, écrivain. Tout le monde, absolument tout le monde, était artiste, ou connaissait des artistes, ou côtoyait des artistes. Mon histoire d'amour, si histoire d'amour il y avait, comment en juger dans un tel contexte, était prise dans cet étau. On avait peut-être une histoire d'amour au milieu des histoires du monde, mais les histoires du monde étaient toutes factices. Je ne sais pas, je ne savais pas, et je ne sais toujours pas. Quand on faisait l'amour je savais, et puis je ne savais plus. Je lui demandais qu'on s'accroche à ça, qu'on y reste, qu'on n'oublie pas. C'était illusoire, ça ne marchait que dans le contact immédiat. Le contact. L'attachement devait être actuel. Le corps devait être là, et il devait être près. Sinon il n'y avait rien. Rien. Rien ne résistait. Les forces qui détruisaient le palpable étaient ingérables. Et inéluctables. En tout cas par moi. Je ne pouvais pas contrôler ça. Le palpable est menacé sans cesse. Sans cesse. Mais il avait une telle force quand il revenait que j'oubliais. Je n'avais pas du tout envie de sortir ce 12 octobre-là à 22 heures 30, pour enregistrer une émission. Hélène est venue me chercher en taxi, Andrea était déjà arrivée chez moi, on descend, on rigolait dans le taxi, malgré le peu d'envie qu'on avait d'être là, elles, elles ne le disaient pas, on y allait. On arrivait à La Plaine-Saint-Denis, c'étaient les mêmes studios que le 22 septembre. La loge, il y avait des petits-fours pour attendre, tout allait bien, on n'avait pas mangé, on mangeait. On bavardait. On attendait. J'avais regardé un peu l'écran, je m'étais aperçue que Baffie était là. Je m'étais dit que j'étais tout de même plus forte que ça. Mon tour approchait, et là ça commençait à venir, finalement j'étais contente d'y aller, le rythme allait m'emporter, celui-là ou un autre. J'y vais, j'entre. Bon. Claude Allègre venait de se faire humilier devant toute la France, mais ce n'était pas grave, il l'avait fait, il était des nôtres, il avait bu son verre comme les autres, et c'était ça qui comptait, pour la France, c'était normal c'était le principe de tous les bizutages et de tous les dîners, Ardisson ne faisait rien d'autre que de filmer le principe du groupe, du dîner, de l'horreur, de l'humiliation qu'on acceptera toujours plus facilement que l'exclusion, sous prétexte que ça ne dure qu'un instant. L'exclusion était donc la pire humiliation, la pire de toutes. Je suis entrée, sur le plateau. Et ça s'est mal passé. J'ai essayé de parler, rien ne passait, tout ce que je pouvais dire était sapé à la base par les animateurs, je ne pouvais rien faire, je suis partie. Je sentais que je ne pouvais plus rien dire, c'est pour ça qu'il fallait partir. J'étais peut-être trop fatiguée à ce moment-là. Je ne me sentais peut-être pas assez soutenue, je ne sais pas ce qui s'est passé. Je suis partie. Comme on part quand tout est perdu. J'étais impuissante, je voyais que je ne pourrais rien faire. Je ne pouvais pas inverser la pente qu'ils avaient prise, et dans laquelle le seul choix que j'avais était de les suivre, je crierais dans le vide, ils étaient trop forts, ils étaient trop nombreux, ils étaient trop soudés, et depuis trop longtemps, ils étaient aliénés maintenant, ils avaient décidé « on se la paye », et ils allaient le faire, le système était trop consolidé, je n'arriverais pas à me défendre, je le voyais, même à l'échelle individuelle, je sentais que je n'arriverais pas à sauver l'honneur d'être soi-même, il valait mieux que je parte cette fois-là, je n'avais pas de moyen. Souvent on dit que ça ne vaut pas la peine de dire quelque chose, ce n'est pas ça, ça vaudrait la peine. Mais il faut pouvoir, on ne peut pas, je ne pouvais pas. Je ne pouvais rien dire, j'étais condamnée à me faire complice du mensonge ou à partir. Je n'avais pas la moindre chance de ressortir propre de tout ça. L'équilibre des forces était trop en ma défaveur ce jour-là, j'étais peut-être trop fatiguée, je me sentais trop seule. Au combat, il fallait savoir battre en retraite, mais la différence avec les autres combats c'est que je n'aurais pas de renfort, jamais. Je suis partie. J'ai quitté le plateau. Je me suis retrouvée dans la loge, j'ai pleuré, et là j'ai appelé Pierre, maladivement, sur son portable, il ne répondait pas, chez lui non plus, j'ai fermé à clé la loge, on attendait un taxi, j'appelais sur le portable et sur le fixe de Pierre, il n'y avait personne, je me disais que j'allais le quitter, je ne pouvais pas engager un jour de plus de ma vie avec un journaliste qui n'était pas joignable en cas de crise, ça m'arriverait souvent, il y avait trop de risque. J'appelais, j'appelais, personne. Le taxi est arrivé. Hélène et Andrea étaient atterrées. Je leur disais : je ne pourrai plus jamais parler, je ne pourrai plus jamais écrire, c'est fini, je n'ai rien pu dire, ils m'ont eue, j'ai été obligée de partir, j'étais beaucoup trop faible, je ne pouvais pas lutter, il allait falloir que j'abandonne, je ne pourrais plus jamais, et l'autre qui n'était pas là, comment j'allais faire.

Je ne me voyais pas rentrer chez moi après ça. Je voulais le quitter. Et puis il m'a appelée, il avait eu les messages. Son portable était déchargé. Il m'a dit : je rentre chez moi, je t'attends. Je n'avais pas mes médicaments, je n'ai pas dormi, mais j'étais dans ses bras. Il adorait m'avoir à lui quand j'avais été blessée. Ça déclenchait un réflexe de protection, il m'appelait mon bébé. Petit à petit il ne m'a plus appelée que comme ça : mon bébé.

À partir du lendemain j'allais enclencher des mois d'impuissance à écrire. Qui allaient foutre ma vie en l'air. En admettant que dans les histoires d'amour il y ait parfois un moment de grâce, il n'avait pas eu lieu, et s'il avait eu lieu, il était passé.

Quelques jours plus tard, dans une rencontre publique, une fille est venue me voir avec un ton culpabilisateur. Elle me disait qu'elle s'appelait Éléonore, elle insistait en me regardant droit dans les yeux, et qu'il fallait absolument, et très rapidement, qu'elle me voie. Elle avait le visage décomposé et j'ai eu peur qu'elle se jette sous une voiture si je refusais. Je lui ai dit de mettre son numéro de téléphone au dos d'une enveloppe que j'avais. C'était un vendredi, le 19, ou le 21 octobre. C'était une semaine après le jour où j'ai dû quitter le plateau. On avait déjà pris une habitude, celle de passer le vendredi soir et le samedi matin chez moi, rue Victor-Massé, et de dormir le samedi soir chez lui rue Descartes, le dimanche on était donc chez lui. Il avait la liberté de travailler s'il le souhaitait, il ne le faisait jamais. Il disait que ma présence l'en empêchait. Je me retrouvais donc incitée tous les week-ends à partir de moi-même avant qu'on ne me chasse. Même si j'étais dans un coin à lire. À cette époque-là il ne s'énervait pas, il ne s'énervait jamais. Il était même assez doux, peut-être pas tendre, mais doux, oui. Je n'aimais pas ces moments de départ, où je devenais persona non grata tout d'un coup, ça devait me replonger dans des souvenirs qui m'avaient traumatisée. Et comme Pierre s'appelait Pierre comme mon père. À l'époque je l'appelais Pierre Louis, je n'osais pas l'appeler Pierre, alors que Stéphane qui le connaissait depuis l'enfance l'appelait Pierre. Je brûlais d'envie de l'appeler Pierre, mais je n'osais pas. J'ai appelé cette fille qui voulait tant me voir. Je redoutais un peu ce rendez-vous, j'avais senti quelque chose de bizarre. Une forte culpabilisation rien que dans son regard. Je lui ai donc donné rendez-vous place de la Contrescarpe juste à côté, je me donnais la possibilité, si ça se passait mal, de revenir rue Descartes avant de rentrer chez moi pour la nuit. Je m'étais assurée que Pierre ne bougerait pas. La fille était convaincue que j'avais eu accès à son dossier psychiatrique et que tous mes livres je les avais écrits, avec quelques fausses pistes, à son intention, sachant qu'elle se reconnaîtrait, mais surtout je racontais son histoire, *L'Inceste* notamment était truffé d'indices, elle m'en a fait la liste, et elle me sommait de répondre, de donner des justifications, des preuves que ce n'était pas elle. Elle voulait vérifier si certains détails que je donnais correspondaient à ma vie ou non. Ce qui était sûr c'était que ça correspondait à la sienne. Les trucs qui ne correspondaient pas, pour elle c'étaient des trucs d'écrivain, des procédés plus ou moins factices, sinon tout le reste était tellement limpide, je m'étais inspirée de sa vie. C'était ce qu'elle disait, et elle en avait l'air convaincu. Il y avait, noir sur blanc, son histoire avec Régine, et l'année 85 correspondait pile à sa rencontre avec Élodie. Elle refusait que je la mène en bateau plus longtemps, elle voulait passer la soirée avec moi, elle essayait de me prouver que je n'avais rien de mieux à faire. Je lui disais que j'avais un rendez-vous (ce qui était vrai, avec un autre ami qui s'appelait Pierre aussi), elle me disait d'annuler, elle insistait. L'atmosphère était étouffante. Je suis retournée voir Pierre, c'était la deuxième fois qu'il me voyait pleurer. Les gens me vidaient, les gens me prenaient tout ce que j'avais, je n'avais plus rien à moi, je n'étais plus qu'un stylo ambulant et sans vie après un rendez-vous comme ça, je n'avais nulle part où aller et je n'avais rien à moi. Même plus de vie à moi. Pour les gens, je n'étais qu'un reflet d'eux-mêmes, ce qui ne les empêchait pas de me traiter d'égocentrique, la contradiction était même nécessaire, un reflet, un miroir d'eux-mêmes qui les angoissait, un reflet ou alors un symptôme, de quelque chose, d'une maladie, d'une maladie sociale, je ne sais pas, je suis retournée chez lui, pour voir comment il me regardait, lui. Il était naturel avec moi, et je suis repartie. Il m'a téléphoné vers minuit, il n'avait pas travaillé, mais il avait besoin d'être seul comme il l'avait toujours été. Et sans doute dès sa naissance. Il était né dans une famille normale pourtant, mais avec des petits détails bizarres. Les premières semaines, les premiers mois peut-être de sa vie il les avait passés en couveuse, il était prématuré, cette couveuse, toute son enfance et même ensuite à l'âge adulte il l'a revue, la clinique était à des amis de ses parents, donc à chaque fois que ses parents leur rendaient visite, on lui montrait la couveuse. Et il n'y a encore pas si longtemps, il était passé chez ces gens, il y a quelques années, qui lui avaient dit : la couveuse est encore là, est-ce que tu veux l'emporter ? Il ne l'avait pas prise mais il s'était posé la question. Et tout le monde trouvait naturel qu'il l'emporte. Il s'est toujours senti seul, et à partir de seize ans il a toujours vécu seul. Vraiment seul. Ses parents lui ont laissé l'appartement familial quand il avait seize ans, eux ils sont partis, il allait au lycée, il se faisait à manger seul, et depuis il est toujours resté seul. Marianne Rosenstiehl avait le souvenir d'être allée le rejoindre une fois avec Stéphane dans un grand appartement sur les quais à Lyon, il avait dix-neuf ans, ça devait être l'appartement de la fille avec qui il avait eu un enfant, le bébé était là, la fille, et lui, et il avait l'air complètement perdu. Il ne passait jamais un week-end entier avec une fille, trop dur pour lui. Un dimanche soir par téléphone, dans le même genre de circonstance (j'étais partie pour le laisser travailler), il m'a dit : de toute façon la question qu'on se pose tous les deux, et dont on n'ose pas parler, c'est : est-ce qu'on doit vivre ensemble ? Je ne voulais pas sauter sur la phrase. Ça pouvait très bien être un leurre. Tout semblait nous porter à ça, mais je ne voulais pas précipiter le mouvement de moi-même.

Trois jours plus tard, j'allais passer dix jours à Montpellier pour le Festival du Cinéma méditerranéen. Il était content que je parte, à l'idée qu'il allait me savoir avec lui tout en étant loin. Au bout de deux jours, c'était moi qui appréciais la situation, lui, il la subissait, il avait hâte que je rentre alors que moi j'aurais pu rester facilement quelques jours de plus. On se téléphonait tous les jours. Le premier week-end il était descendu à Montpellier avec moi. L'intimité, je voyais à des petits signes que c'était quelque chose qu'il découvrait, ça lui plaisait. Un après-midi je m'étais allongée sur un canapé pour faire la sieste, et je lui avais demandé de mettre sur moi un gilet en laine. Il n'avait rien dit, il avait juste posé le gilet sans faire de commentaire, je pense qu'il a dû me regarder dormir. Et que lui laisser voir ma sieste a dû l'émouvoir. Il ne connaissait pas ça avant. Le samedi après-midi on avait fait les boutiques, à Paris il détestait, il ne le faisait jamais, il ne prenait aucun plaisir à sortir, c'était travailler et se réfugier ensuite dans son terrier, dans un magasin pour hommes il avait trouvé un manteau qui lui plaisait, moi j'avais essayé une écharpe noire, et comme elle m'allait bien, il m'a dit : je te l'offre. Ensuite j'ai souvent failli perdre ce premier cadeau. J'essaye de me souvenir de tout. Il avait pris un avion plus tôt à la fin du week-end pour voir un concert. Ça continuait, tous les dimanches il fallait qu'il retourne à sa vie plus tôt que prévu, il fallait systématiquement qu'il abrège. À 39 ans, toutes ses histoires précédentes avaient été brèves, la plus longue avait duré six mois ou un an, et même là il n'y avait jamais de week-end, ou alors sous la pression il avait accepté parfois de partir le samedi à midi et de rentrer le dimanche à onze heures. Il rendait ses parents responsables de l'avoir rendu inapte au couple, sans que je puisse vraiment comprendre comment et en quoi, de l'avoir rendu inapte à construire quoi que ce soit. Mais la vie seul lui plaisait. Quand on s'est rencontrés il avait fini par se dire qu'il vivrait toujours seul, et il n'en était pas amer. Une fois il avait été malheureux tout de même d'une rupture. À son grand étonnement et à sa grande satisfaction, alors il s'était observé. La fille avait arrêté, elle voulait un enfant, vivre avec lui, et elle avait fini par arrêter devant son inertie. Et là, à sa grande surprise, il avait un peu souffert. Et donc il s'était regardé souffrir avec une certaine curiosité, lui à qui aucun sentiment ne parvenait plus. Il était tellement étanche, même si c'était de la souffrance il n'était pas mécontent de ressentir enfin quelque chose. Dès la première nuit avec moi, en partant, d'abord en partant, et ensuite en me retrouvant, après m'avoir embrassée, il s'était arrêté un temps, pour me dire, comme on annonce un événement rare : là, j'ai une émotion. Chez lui qui était blindé tout le reste du temps, c'était inattendu, bizarre. Mais ça se refermait, ça ne durait pas, sauf le temps de le dire. Et il repartait dans sa vie seul. Il ne restait jamais sur une émotion, elles étaient toutes fugaces, quand il y en avait. Il les signalait.

Les derniers jours du festival quand je l'avais au téléphone, il me disait qu'il se bourrait de crêpes, mais que même ça il n'avait plus envie, il disait qu'il était impatient que je rentre. Moi aussi j'étais impatiente, mais ça faisait partie du plaisir de l'éloignement, je n'étais pas pressée.

On franchissait des étapes. Montpellier en était une importante, les deux jours où il était venu, tout semblait plus vrai, plus déterminant, peut-être parce que c'était la province. Comme si enfin on se montrait nos vrais visages, nos visages de toujours. Mais on n'était pas à l'aise ensemble, ça ne venait pas. Début novembre, j'ai commencé à écrire beaucoup, à tout essayer, toutes les possibilités, toutes les formules, tous les sujets, tous les angles, toutes les approches, qui me venaient, et à la fin de chaque journée j'étais obligée de tout effacer, ça n'allait pas. Ça faisait un mois que je cherchais tous les jours comme ça, je restais des heures par jour devant mon ordinateur, rien n'allait, j'en étais à des centaines de pages écrites, et je n'en avais gardé aucune. J'étais épuisée. C'était une source d'épuisement plus importante que les autres, et elle était sans fin. Le soulagement d'avoir une histoire d'amour était annihilé par l'inquiétude de ne plus jamais pouvoir écrire. Il n'y a pas eu d'événement marquant en novembre. Tout ce que je sais c'est qu'à la fin du mois, j'ai dû aller à Montpellier, pour voir mon psychanalyste en urgence. Ça n'allait pas. J'avais besoin d'écrire, ça ne venait pas, rien ne me satisfaisait plus, ce n'était pas bon. Je l'attribuais à ça mon insatisfaction chronique. Cette fatigue absolue qui me poursuivait. Sur moi, non seulement la presse se trompait mais elle était vulgaire, un article disait qu'il faudrait me mettre la pince à seins pour me calmer. Et puis la vie parisienne n'avait pas d'intérêt particulier, les gens restaient entre classes d'âge et de milieu, il fallait qu'il y ait des points de repère communs pour qu'une conversation ait lieu, les rencontres se faisaient seulement dans le cercle, même élargi ça restait très circonscrit, comme un horizon qui aurait été bouché, au contraire de la vue panoramique que j'avais de ma fenêtre. Et à la fin, les gens se plaignaient presque tous de s'être ennuyés. Ou alors c'était ma façon de voir qui était caricaturale, peut-être que je ne comprenais plus rien à ce qui se déroulait sous mes yeux, tout simplement. Il y avait des discussions inépuisables sur la stratégie des dîners, fallait-il y aller, ne pas y aller, favoriser les petits comités, ou ne pas avoir peur des groupes plus larges. Dan Franck disait qu'il avait acheté une maison à l'île de Ré, petite exprès, pour ne pas recevoir trop d'amis à la fois, et que donc, l'ambiance soit chaque fois intime, à coup sûr. L'intimité, leur grande valeur refuge. Les gens avaient un mépris et une méfiance panique de l'extérieur. Je n'avais vu ça qu'ici, à ce point-là. Léonore allait rentrer du Texas fin décembre, ça approchait. Je ne savais pas ce que j'allais faire, si je devais rester à Paris ou redescendre à Montpellier. Pour mon histoire avec Pierre, on se rendrait moins compte à distance sur des week-ends, il fallait que je reste encore un peu à Paris. Léonore rentrerait juste avant Noël. Ensuite elle retournerait à l'école à Montpellier, j'avais six ou huit mois devant moi, avant la prochaine rentrée de septembre, pour voir ce qui allait se passer. J'étais presque sûre que c'était lui, je voulais attendre par prudence. Fin novembre quand je suis descendue à Montpellier, mon avocate m'a dit : si Léonore se réinscrit à l'école à Montpellier, tout changement futur sera analysé comme un déracinement de l'enfant et tu perdras la garde, réfléchis, réfléchis bien, réfléchis honnêtement, et si, après avoir bien fait le point, tu penses qu'il est mieux pour elle de venir vivre à Paris avec toi, la seule solution : tu prends un appartement pour elle et pour toi à Paris maintenant, tu trouves une école à côté et tu l'inscris dès janvier. En cas de problème elle ne voyait pas sinon ce qu'elle pourrait plaider. Ou alors tu restes vivre à Montpellier, et si tu décides de partir vivre à Paris plus tard, elle viendra te voir pour les vacances. Tu n'auras plus la garde, c'est à toi de voir ce qui est le mieux pour elle. Si tu l'inscris dès janvier à l'école, c'est un coup de force, mais c'est ta seule chance. Pour moi il y avait des avantages dans les deux situations, être libre c'était bien aussi. Les rapports de Claude avec ma fille étaient trop fusionnels pour que je la laisse derrière moi. Même si c'était beaucoup trop rapide, trop précipité, trop brutal. Pierre m'a dit : évidemment le mieux ce serait qu'on prenne un appartement tous les trois, mais je ne peux pas. Prends un appartement pour elle et toi à côté de chez moi dans le cinquième, ça n'empêchera pas qu'on se voie tous les jours. Je ne voulais pas. Je préférais retourner vivre à Montpellier, et chaque fois que je viendrais à Paris, une fois toutes les trois semaines, je pourrais habiter chez lui, je pouvais résilier la rue Victor-Massé. À chaque fois que j'avançais cette solution, il l'éliminait. Il m'avait dit : si moi je n'y arrive pas avec toi, je n'y arriverai avec personne, et toi ce sera pareil. Sans savoir expliquer pourquoi, c'était une sensation, une intuition, une certitude, et l'expérience de ce qui s'était passé jusque-là. On avançait comme ça, par étapes. On s'était retrouvés à Aix-en-Provence, chez des amis à lui, le dimanche avant de rentrer on s'était promenés sur le plateau qui surplombe la vallée du Rhône, il était réticent, il ne pouvait pas. Le lendemain, je l'ai appelé, le lundi en milieu d'après-midi, j'avais eu de nouveau mon avocate au téléphone, j'appelais juste pour lui en faire part, il me dit sans même me laisser finir : maintenant de toute façon, la seule question qui se pose c'est rive droite ou rive gauche. Mais il n'y avait pas l'ombre d'une joie, c'était comme s'il avait tiré les conséquences logiques d'une situation. Il avait éliminé de sa vie tout romantisme, toute affectivité, tout laisser-aller. On ne pouvait donc jamais profiter de rien, on ne pouvait jamais se réjouir, on ne pouvait jamais déclarer qu'on était bien et donc on n'était jamais bien, tout était toujours réglé à coups de phrases brutales. On s'est retrouvés le soir au Wepler avec la décision prise, c'était le jour du prix Wepler. Dans les lieux publics il m'ignorait. Quand on est rentrés chez moi il a encore mis des heures à s'approcher. Et on a convenu qu'il fallait trouver à partir du lendemain un appartement pour trois. Grand, où chacun puisse avoir son indépendance. Et il fallait que je règle l'école aussi, l'inscription. Mon avocate m'avait dit de ne pas en parler à Claude, ni à Léonore, c'était trop imprudent avec une telle distance. Entre le Texas et la France. Il fallait que j'aie la force, si vraiment je pensais que Léonore devait être à Paris avec moi, de prendre tout sur moi, et de faire, oui, mon coup toute seule. Sinon connaissant Claude comme elle le connaissait, il saisirait le magistrat. Pierre me disait que Léonore devait être avec moi, sa mère, c'était une intuition. Le lendemain, un mardi, j'ai téléphoné à Monique Nemer pour les problèmes d'école, je n'avais plus le temps d'écrire ni d'essayer, il fallait trois mois après le premier, à peine, que je trouve un autre appartement, encore, qu'on allait prendre à deux. On était deux cette fois pour remplir le dossier. À partir de là, tout n'a plus été qu'une succession de problèmes à régler, je ne m'étendrai donc pas, où le plaisir a disparu de plus en plus. La recherche des solutions nous a enlevé jusqu'à la notion même de bonheur, et même le souvenir. Aujourd'hui encore je ne sais même pas si j'ai passé de bons moments avec Pierre, ou si j'ai juste eu la certitude que c'était lui. J'ai été malade, j'ai cherché un appartement, l'histoire des dossiers recommençait, avec d'autres critères que pour les petites surfaces, avec des prix toujours aussi exorbitants même à deux. La date du retour de Léonore approchait et je ne trouvais rien, on était déjà à la mi-décembre. Un jour on a trouvé à deux pas de la rue des Martyrs un appartement de 130 mètres carrés pour dix mille francs. Les propriétaires, qui étaient en position de force, en profitaient pour imposer leurs délires à tout le monde. Et on s'y conformait tous. Là, le prix convenait, mais c'était sur le reste qu'il avait des exigences arbitraires. Il se vantait d'avoir eu comme locataire un polytechnicien et il ne voulait pas redescendre. Il faisait le tour de l'appartement lentement, très lentement, en nous expliquant comment il devait être meublé pour en respecter les volumes, et en nous montrant la place de chaque interrupteur. Rien que pour avoir la paix, j'aurais préféré acheter, seule, je ne pouvais pas et pour Pierre c'était impossible, on se connaissait à peine. Et il ne voulait rien posséder. J'avais beau lui dire que moi je devais être prête à ne plus pouvoir, du jour au lendemain, payer un loyer, et donc c'était légitime que je veuille avoir un toit sur ma tête, à moi. L'intuition était là, elle persistait, il fallait qu'on vive ensemble, si on n'essayait pas maintenant, on n'y arriverait plus jamais avec personne. Il n'a jamais dévié de cet argument. On s'accrochait l'un à l'autre. Léonore est arrivée le 24, je lui ai expliqué. Je ne l'ai pas obligée, je lui ai montré ma préférence nettement. Elle a pleuré mais elle a dit qu'elle voulait qu'on l'aide à faire les efforts nécessaires pour venir vivre à Paris. La décision a été prise. Le surlendemain, j'ai été à Montpellier pour parler à Claude, et préparer le déménagement de tout cette fois. On avait été acceptés dans un appartement : derrière Saint-Augustin, il y avait une école où elle pouvait aller à pied, les premiers commerces étaient loin mais il n'y avait pas le choix et j'avais eu un flash en voyant l'appartement. La veille de l'acceptation par la propriétaire, elle avait étudié le dossier à fond, elle avait téléphoné à nos deux banques, mais elle n'avait de toute façon pas d'autres clients, c'est trop triste comme quartier, elle avait même été obligée de baisser le loyer, la veille de son acceptation, je téléphone à Pierre pour lui dire que j'ai étudié le réseau des bus, qu'avec Saint-Lazare à proximité on pouvait aller partout. Que tout était à proximité mais rien n'était en bas, c'était le point faible, pas un commerce, pas de journaux, pas de pain. Mais que je ne pouvais rien trouver d'autre en quinze jours à un prix correct, j'étais dans mon lit, je venais de rentrer, j'avais dîné avec Caroline Champetier, qui est chef opérateur de cinéma, je n'avais croisé que des gens comme ça depuis que j'étais arrivée, elle m'avait fait faire le tour du quartier en voiture, pour m'inciter à prendre cet appartement. Elle-même avait été élevée dans le seizième, et elle trouvait du charme à ces quartiers, qu'elle disait modianesques. Je rentrais assez remontée, après avoir vu le réseau des bus, j'ai appelé Pierre, que j'appelais encore Pierre Louis, et là il a tout foutu en l'air. Il m'a dit qu'on allait faire une énorme erreur, qu'on s'apprêtait en fait à aller au casse-pipe si on avait pris cet appartement. Il se sentait mieux depuis qu'il avait décidé d'annuler cette décision. Il ne voulait plus qu'on prenne un appartement ensemble. Il pensait bien meilleure l'idée que je prenne un petit appartement pour Léonore et moi pas trop loin de chez lui. Il ne se sentait pas capable, il ne l'avait jamais été, de vivre avec qui que ce soit. Ce qui lui avait sauvé la vie c'est qu'il avait toujours eu la sensation de ses limites, il était content d'avoir eu un éclair de lucidité juste avant de faire une bêtise. Il était soulagé. Quand j'ai entendu ça, je lui ai dit que c'était très clair pour moi, je retournais à Montpellier. Il m'a dit : tant pis, c'est mieux comme ça. Je passe la nuit que vous pouvez imaginer. Le lendemain vers trois heures, la femme de l'agence m'appelait, pour me dire, après deux semaines de galères, de recherches et de refus, que notre dossier avait été accepté, il fallait juste maintenant fixer la date de la signature. Elle a été étonnée de mon absence de joie, d'habitude c'est une victoire quand les dossiers sont acceptés. Je l'ai simulée, elle sentait que ce n'était pas spontané, ça devait sonner faux. Et la date je n'avais pas l'air pressée de la fixer. J'ai téléphoné à Pierre, pour lui annoncer. Il m'a dit que ça le soulageait. Je lui ai demandé pourquoi étant donné qu'on ne le prenait pas. Il m'a dit qu'on le prenait bien sûr, qu'il avait eu un moment de recul, que ça ne changeait rien.

On s'est installés début janvier. Des mois de galères ont commencé. J'étais tombée sur un malade. J'ai commencé à m'en apercevoir petit à petit. Un inadapté, bien pire que moi. On avait des crises tous les deux jours. On était trop attachés l'un à l'autre et trop imbriqués maintenant pour se séparer. Léonore s'était attachée à lui. Je ne voulais pas, cinq ans après Claude, lui faire vivre, quelques mois seulement après l'installation dans cette ville qui lui coûtait tellement d'efforts, une nouvelle séparation. Je n'arrivais pas à écrire, et c'était comme ça tous les jours. Je découvrais la vie à Paris quand on est pris dans des rythmes. C'était l'hiver le pire qu'on avait jamais vu depuis cent ans. Je voulais rentrer. Je ne voulais pas me faire à cette vie. Ça avait été une erreur de croire que je voulais absolument rencontrer quelqu'un. J'étais mieux avant. Le premier mois, le mois de janvier, je le repoussais dans le lit, je me réveillais en pleine nuit, en le poussant. Lui qui s'attachait à quelqu'un pour la première fois, il s'est affolé. Mais quand la nuit arrivait, sexuellement ça marchait tellement bien, il me disait : t'as déjà connu ça, toi ? J'étais obligée de répondre que non. Rien n'était souple, tout était haché, ce qu'on obtenait on l'obtenait à l'arraché. Après des larmes et des insomnies. Un jour Mathieu avait téléphoné, j'étais en larmes, pas seulement à cause de ça mais aussi parce que je n'arrivais plus du tout à écrire. On a emménagé dans les premiers jours de janvier. Trois déménagements sont arrivés sur deux jours, celui de Montpellier, celui de la rue Victor-Massé, et le sien, de la rue Descartes. L'appartement était grand, mais tout ne pouvait pas tenir. Il y avait des choses à lui que je n'aimais pas, il a cherché à les imposer. Au début, après il a capitulé, il a décidé de ne pas s'accrocher à des meubles. Quelques jours après avoir emménagé, j'étais encore dans le rangement, j'ai retrouvé sept lettres qui me restaient de mon père, et qui avaient échappé, je ne sais pas comment, à la destruction. Je les ai relues tous les jours pendant plusieurs semaines en essayant d'en faire quelque chose, sans y arriver.

Christine Schwartz, rue Michelet Bloc 9
Appartement 262 Châteauroux Indre
15 janvier 1969

Chère petite Christine,

Il m'a été impossible de te répondre plus tôt parce que je n'étais pas là pendant les fêtes de fin d'année. Ta lettre est très gentille. Maintenant je peux beaucoup mieux t'imaginer penchée sur tes livres et tes cahiers ou écoutant ta maîtresse en classe. Tes résultats à l'école sont magnifiques et je trouve encore plus formidable que tu t'intéresses à tant de choses. Apprendre est une des plus grandes joies de la vie et je suis émerveillé que tu l'aies déjà si bien compris.

Si tu en as envie, et seulement si tu en as envie parce que je ne veux pas que tu te sentes obligée, je voudrais bien recevoir une autre lettre de toi où tu me raconterais ce que tu fais en classe ou à quoi tu aimes jouer.

Moi aussi je te raconterai ce que j'aime. Comme ça nous nous connaîtrons bien quand nous pourrons nous voir.

Embrasse bien fort ta maman pour moi et reçois un grand baiser.

Ton papa.

Mlle Christine Schwartz
9/262 rue Michelet 36000 Châteauroux
28 août 72

Ma chère petite Christine,

Il est certain qu'un fil invisible nous relie maintenant et qu'il ne peut pas se rompre puisqu'il est immatériel. Écoute, à mon tour je te raconte un rêve, ou presque un rêve, une impression de rêve. Depuis ton départ, je me fais un peu l'effet d'un scaphandrier en plongée respirant par un long tuyau l'oxygène que lui fait parvenir de la surface un matelot nommé Christine. Les choses et les gens qui sont ma vie, je crois les voir à travers le hublot d'un casque. Les objets sont muets et les gens gesticulent et ouvrent toute grande la bouche comme des poissons. Un jour, l'un de nous deux tirera sur la corde et je remonterai à la surface. Et puis je replongerai.

Mais ce n'est qu'un rêve, toi-même tu as beaucoup mieux à faire qu'à m'attendre à la surface et la vie est assez grande fille pour savoir ce qu'elle a à faire sans s'encombrer de nos illusions.

Embrasse très fort ta maman pour moi. Je te fais le « tour de bises » (c'est bien ça ?) que tu m'as montré. Écris-moi.

Ton papa.

Rachel et Christine Schwartz
9/262 rue Michelet Châteauroux
23 juin 1969

Chère Rachel,

Je suis heureux d'apprendre que cette année vous allez prendre toutes les deux de belles vacances. Je penserai beaucoup à vous et peut-être même que je pourrais aller vous voir si tu n'y vois pas d'inconvénient et si moi-même je trouve le temps de faire le voyage.

En tout cas, j'aimerais bien connaître votre adresse et la durée de votre séjour. Une ou deux cartes postales me feraient bien plaisir aussi. Je vous souhaite de belles vacances chaudes et sereines.

Je t'embrasse.

Pierre

Chère Christine,

J'ai bien reçu ton gentil cadeau et je t'en remercie. Mais je te remercie et te félicite encore plus chaleureusement d'avoir brillamment rattrapé le retard dû à ta maladie. J'aimerais pouvoir t'embrasser de tout mon cœur.

Ta maman te fait un beau cadeau en t'offrant des vacances en Provence, mais tu l'as bien mérité. Tu vas pouvoir laisser tes livres d'école prendre un peu la poussière pour mieux regarder de tous tes yeux, écouter de toutes tes oreilles et respirer de tous tes poumons les couleurs vives, les pétillements et les parfums de Provence. Tu en seras certainement émerveillée.

Bonnes vacances, Christine

Ton papa

Mlle Christine Schwartz
9/262 rue Michelet 36000 Châteauroux
28 août 72

Ma chère petite Christine,

J'ai été un peu surpris et très heureux de recevoir déjà une lettre de toi. Elle prolonge notre rencontre et ajoute quelque chose à l'image de toi que tu m'as laissée et ce qu'elle m'a appris sur toi me plaît autant que ce que je savais déjà.

Ton étymologie du mot kangourou m'a donné à réfléchir. J'en ai cherché la confirmation ou la réfutation dans les dictionnaires, mais je n'ai trouvé ni l'une ni l'autre. Alors, tu as peut-être raison, mais si tu me demandes mon avis, eh bien, en toute franchise, je te répondrai : « Kangourou ! » Comme quoi on peut faire une réponse de Normand avec un mot australien.

Moi aussi, je voudrais bien être toujours avec toi, Christine. Écris-moi.

Ton papa.

Mademoiselle Christine Schwartz
9/262 rue Michelet 36 Châteauroux
Chère petite Christine,

J'ai dû attendre avec beaucoup d'impatience ta réponse et je suis content qu'elle n'ait pas tardé. Aussi je pense que les quelques jours de délai qu'il m'a fallu cette fois-ci pour t'écrire ont dû te paraître longs, aussi longs qu'ils m'auraient paru à moi si j'avais dû attendre autant. D'abord, voyons les questions que tu me poses.

Oui, je prépare un livre, mais ce ne sera pas un livre de linguistique pure, plutôt une étude littéraire, mais sur un sujet bien particulier puisqu'il s'agira de littérature catalane.

Non, je n'ai pas vu *Gale*, mais j'en ai entendu parler et ce que tu m'en dis me fait regretter de l'avoir manqué.

Oui, j'ai lu *Le Petit Chose* quand j'avais à peu près ton âge, mais *Les Lettres de mon moulin* et les *Contes du lundi* sont de petits chefs-d'œuvre de psychologie, de finesse et de sensibilité et je leur donne la préférence. Tu me donneras ton avis sur *Le Petit Chose* quand tu l'auras fini.

No, my novel is not out. In fact, I suppose you meant to say short story (nouvelle), not really novel (roman). Besides, it's neither a novel nor a short story, it's simply a small article on a linguistic subject. I hope it will be published in the September issue, but I'm not sure. You may ask for *Vie et Langage* in a bookshop this month if you are interested (two francs), but it's not to be found in every bookshop.

Personne ne m'a jamais envoyé de poème, tu sais. Tu es la première qui l'ait fait. J'aime tes vers, Christine, ce sont les battements de ton cœur.

Maintenant, j'ai envie de t'adresser un grand sourire pour voir si tes dents blanches vont se montrer. Oui, je les vois. Un baiser sur l'œil pour la peine. Embrasse bien ta maman pour moi et écris-moi.

Ton papa

Mademoiselle Christine Schwartz
9/262 rue Michelet 36000 Châteauroux
17 octobre 1972

Chère petite Christine,

J'ai beaucoup de temps pour penser à toi, mais très peu pour t'écrire. Il faut que tu le comprennes et que tu m'écrives dès que tu as le temps et un peu envie de le faire. J'attends toujours tes lettres avec impatience. Strasbourg est plein de petites Christines qui surgissent à l'improviste devant moi : à côté d'un arbre qui ne veut pas me dire son nom, pour me rappeler combien je me suis montré un piètre botaniste pendant notre promenade à l'Orangerie ; à la place d'une petite fille de ton âge, aux yeux malicieux et à la langue bien pendue, pour me rappeler que tu n'as ni les yeux ni la langue dans ta poche ; à l'aéroport de Strasbourg avant de partir pour Londres, pour me dire : et si tu m'emmenais, j'aimerais tellement voir l'Angleterre ! Mais, une fois au bureau, où je pourrais t'écrire, le travail à faire emporte une à une les minutes que je pourrais consacrer à t'écrire.

Pourquoi le Brésil ? Peut-être parce que c'est un pays dont toute la richesse est dans l'avenir, comme toi à qui le globe était destiné.

J'approuve tout à fait le choix de chanteurs et d'acteurs que tu fais, j'ajouterais certainement quelques acteurs italiens, par exemple Marcello Mastroianni et Vittorio Gassman parce que j'aime beaucoup le cinéma italien.

Quant aux écrivains nous en reparlerons, si tu veux bien, parce que le choix est difficile. Je ne connais pas *Les 6 compagnons* dont tu parles. Est-ce que tu peux me dire qui est l'auteur ?

Je te remercie de tout mon cœur pour ton bel edelweiss, qui est comme une image vivante de toi dans la montagne, et pour ta gentille signature.

Travaille bien

Ton papa

Mlle Christine Schwartz
9/262 rue Michelet 36000 Châteauroux
31 octobre 72

Chère petite Christine,

Il faut absolument que je te dise mon point de vue sur les mathématiques. Ça t'aidera peut-être. Tu dois bien te dire que les maths sont beaucoup moins difficiles qu'elles n'en ont l'air. Voici pourquoi. En réalité, les mathématiques ne sont qu'un langage parmi beaucoup d'autres. Il suffit donc d'apprendre le vocabulaire des mathématiques pour les comprendre. Si tu es bonne en allemand, tu dois aussi réussir en maths, parce que c'est aussi une façon d'exprimer la réalité. Simplement, les maths visent une seule chose : la rapidité d'expression, alors que le français ou l'allemand recherchent aussi l'élégance, le pittoresque, etc. Il suffit donc de bien connaître le sens des signes pour découvrir une réalité qu'on aurait aussi pu découvrir par tâtonnements, mais beaucoup plus lentement. L'essentiel est de comprendre les signes et les mots mathématiques, ensuite il est assez facile de les combiner. Si tu n'as pas d'atomes crochus avec ton professeur, prends ton livre et cherche toute seule à comprendre. S'il y a un mot que tu ne comprends pas bien, prends le dictionnaire. En mathématiques, tout est simple, le malheur c'est que les explications sont mauvaises ou souvent mauvaises parce que l'élève ne connaît pas le sens de tous les mots ou de tous les signes de ces explications.

Comme dans toutes les autres matières, il ne faut jamais apprendre un théorème par cœur. Il faut le comprendre, et tout devient facile. Tu verras, en maths tu auras dans quelque temps d'excellentes notes sans faire d'efforts.

Si pourtant tu n'arrivais pas à comprendre seule ou à te faire expliquer quelque chose, j'aimerais que tu me dises quel livre tu étudies. Je l'achèterai et j'essaierai de t'aider.

Demain, c'est le jour des morts, tu penseras certainement à ta grand-mère et je serai en pensée avec toi pour partager ta peine.

Ta lètre me parle d'une Mlle Debuchy, mai je n'est pa comprit ce qu'aile ensègne. Tu me le dira dans ta prauchène laitre. La descripsion de la toualète queux tu portait le jour ou tu ma anvoyé ta derniaire l'être ma bocou plu, èle m'as rapelé tes joli desseins.

Tu vois, j'arrive à faire encore plus de fautes d'orthographe que toi !

Je t'adore. Écris-moi.

Ton Papa

Mlle Christine Schwartz
9/262 rue Michelet 36 Châteauroux
29 novembre 72

Chère petite Christine,

Il faut d'abord que je réponde à tes questions. Le prétérit est la seule forme de passé des langues germaniques qui ne soit pas composée. Autrement dit, ces langues ne peuvent pas distinguer, comme le font les langues latines, entre « je pris » et « je prenais ». Elles disent « ich nahm », « I took ».

Venons-en à « l'histoire des déclinaisons avec les cas ». Je ne vois pas bien ce que tu me demandes et de toute façon il serait trop long de traiter tout le sujet. Je me bornerai à te montrer un petit truc très simple pour savoir accorder l'adjectif et le nom. Il suffit de bien connaître les terminaisons de l'article défini, et tu verras que cette déclinaison qui paraît compliquée, est au fond extrêmement simple et logique.

Tu me parles aussi de « zum ». C'est une forme contractée, comme il en existe dans beaucoup de langues, pour « zu dem ». Le français dit de même « au » pour « à le » et « du » pour « de le ». En allemand, les formes contractées principales sont : *zum* pour *zu dem, zur* pour *zu der, am* pour *an dem, im* pour *in dem, ins* pour *in das*. Ces formes sont plus fréquentes que les formes non contractées et parfois obligatoires.

Il existe d'autres formes contractées moins fréquentes, par exemple : *vorm* pour *vor dem*.

Maintenant, comment connaître les genres des noms en allemand ? Il y a des règles très utiles que tu trouveras généralement à la fin de la grammaire. À propos, il te faut une grammaire allemande, anglaise, etc. En as-tu ? Je t'en apporterai une en allemand, qui est excellente et simple.

Tu me parles de Molière et tu te plains un peu : toujours Molière ! Je te comprends, mais quand on voit la médiocrité de la plupart des comédies modernes, on est bien content qu'il existe Molière, tu sais !

Un mot maintenant à propos de cet « idiot de Pompidou ». Tu vois ta maman paye de lourds impôts et ton indignation se comprend. Mais sais-tu combien les Africains gagnent ? En Côte-d'Ivoire, un des pays les plus riches d'Afrique, un citoyen gagne en moyenne 2000 francs par an, c'est-à-dire 180 francs par mois. Comment dans ces conditions rembourser ses dettes ? D'ailleurs, étaient-ce bien des dettes ? Nous reparlerons de tout ça et de bien d'autres choses bientôt puisque je compte toujours aller à Châteauroux le 16 décembre, peut-être le 15 si possible. Je ne peux pas encore fixer de date.

De tout mon cœur, je t'aime.

Papa

Dans *L'Amour fou*, Breton dit qu'on désespère stupidement de l'amour, qu'il en a désespéré, qu'on vit asservi à cette idée que l'amour est toujours derrière nous, jamais devant nous. Surtout, on finit par admettre que l'amour n'est pas pour nous, avec son cortège de clartés. On traîne des souvenirs fallacieux auxquels on va jusqu'à prêter l'origine d'une chute immémoriale, pour ne pas se trouver trop coupable. Et pourtant pour chacun la promesse de toute heure à venir contient en puissance tout le secret de la vie qui va se révéler un jour dans un autre être. Un après-midi, j'avais demandé à Pierre s'il aimait être amoureux et il m'avait répondu non, j'étais d'accord. J'étais déçue. Je n'arrivais pas à écrire. Il n'y avait que ça qui comptait, que mes manques qui ressortaient, je n'en pouvais plus.

Le matin j'étais tellement paniquée de n'avoir toujours rien trouvé que j'allumais l'ordinateur dès que je me levais. Il pleuvait tous les jours. Et ça ne s'arrêtait pas la nuit non plus, c'était continuel, constant, c'était un phénomène extérieur permanent qui allait avec la ville. Ça n'allait pas s'arrêter l'année prochaine. Les gens disaient qu'on n'avait pas vu ça depuis cent ans, mais Frédéric, qui venait de Nice et que j'avais rencontré quand j'y vivais, me disait que ce n'était pas vrai, que l'année d'avant ç'avait été exactement pareil. Je me levais tous les matins, je voyais la pluie, je voyais déjà la journée que j'allais passer, et dès le petit déjeuner je disais à Pierre que j'allais rentrer à Montpellier. Ça l'usait. Lui qui vivait avec quelqu'un pour la première fois, j'allais partir à cause de la pluie. Alors qu'il avait l'impression de faire le maximum. Il ne me rendait pas heureuse, et lui non plus n'était pas heureux. Il ne voyait pas ce qu'il pouvait faire de plus. Je suis allée plusieurs fois à Montpellier, j'envisageais à chaque fois de prendre une maison, où il me rejoindrait le week-end ou tous les quinze jours. Il fallait que je sorte de cette situation. La rencontre inespérée était en train de tourner au cauchemar, et pas seulement à cause du climat, sur lequel tout se greffait. Je n'étais pas dupe, c'était une excuse. Je m'étais peut-être complètement trompée, par peur de rester seule, je ne l'aimais pas peut-être ce type, à qui je m'étais donnée pieds et poings liés. La perspective d'être seule ne me faisait plus peur, mais là non plus je n'étais pas dupe, il suffirait qu'il parte peut-être pour que je me rende compte que je l'aime. Quand on faisait l'amour il n'y avait plus de doute. Alors je ne savais plus. C'était peut-être à cause de l'écriture. Jamais deux jours ne se sont écoulés sans que je change d'avis. Je ne savais pas quoi expliquer à ceux qui me demandaient comment j'allais. Un ami de Pierre m'avait téléphoné un jour, il m'avait dit : il fallait me demander, moi je le savais que c'était impossible de vivre avec Pierre Louis. Pierre me disait que Philippe, celui qui disait ça, était pire que lui, il était resté seul pendant quarante-cinq ans, c'était un fou. C'était impossible de travailler avec lui. Le seul critère qui lui parlait.

Je n'en pouvais plus. J'ai traversé plusieurs types de périodes. Un jour en plein hiver j'étais tellement à bout que j'avais demandé à Paul Otchakovsky un conseil. Je lui avais décrit mon état. Je n'avais pas eu besoin d'en dire tellement plus, il avait vite compris. Pour lui j'avais été victime, après *Quitter la ville*, d'une vengeance collective de la presse qui avait été d'une violence sans précédent, pour lui il fallait reconstituer, patiemment, mes défenses, j'étais à terre, je ne pouvais pas rebondir du jour au lendemain, il n'était pas surpris. Il estimait que j'avais donné avec *L'Inceste* et *Quitter la ville* deux livres qui avaient dû me demander d'aller puiser très loin dans mes réserves, et que l'épuisement après ça, surtout avec la vengeance collective qui s'était exercée, pouvait être long, on ne connaissait pas la durée. Il me citait l'exemple de Louis-René des Forêts, qui après la mort de sa fille, n'avait pas pu écrire pendant dix ans, il me parlait d'Emmanuel Carrère, qui avant d'écrire *L'Adversaire* se roulait par terre de douleur sur le parquet de chez lui tellement il souffrait de ne pas y arriver. Je lui ai dit que j'en étais là. C'était exactement ça. Et il y avait la mort de mon père, et un changement de situation radical, de ville, de situation affective, tout. Pour lui il n'y avait qu'une solution, que je m'oblige à ne pas allumer l'ordinateur, à ne pas écrire, que je m'oblige à me retenir, que je m'oblige à arrêter, et que je considère ça comme un travail s'il le fallait, de m'empêcher, et d'arrêter. Il m'avait dit : on verra bien combien de temps vous tiendrez, vous ne tiendrez peut-être que quinze jours, et ça sera peut-être horrible. Mais je pense que vous n'avez que ça à faire. Il m'avait parlé de Roger Laporte. Mon propre éditeur, je n'arrivais pas à lui parler, on avait souffert tous les deux certainement de l'échec du dernier livre, et je lui en voulais peut-être de ne pas avoir été présent le jour de Ardisson, au fond de moi-même. J'avais besoin de me tenir à l'écart quelque temps. J'ai eu trois quatre jours excellents, je n'ai pas écrit, je regardais l'ordinateur avec dédain, il était fermé. Paul m'avait dit : vous n'êtes pas dans la bonne violence actuellement, il faut que vous arrêtiez de vous affronter avec l'écriture, vous écrirez toujours dans la violence, mais celle-là n'est pas la bonne il faut que vous attendiez que le terreau, qui a été mis à mal par vos ennemis se reconstitue. Mais on ne peut absolument pas savoir combien de temps ça va prendre, peut-être longtemps. Quant à la personne qui vit avec vous, elle vous a lue, elle sait que ce qui est premier chez vous c'est l'écriture, et qu'elle ne pourra pas protéger indéfiniment sa vie privée. Pendant ces trois quatre jours, je me levais, j'allais dans la cuisine, je préparais le petit déjeuner de tout le monde, ils partaient, je faisais traîner tout ce que j'avais à faire, j'y prenais du plaisir, je m'occupais un peu de la maison. Le plan de la journée : je me levais. Je faisais semblant de ne pas penser à écrire. Je prenais mon petit déjeuner, je préparais celui de Léonore, il était huit heures, elle partait à l'école, il était huit heures et demie. Pierre partait travailler, il était huit heures quarante-cinq ou neuf heures. Je me retrouvais seule. J'avais adopté quelque temps une stratégie, qui était de ne pas écrire, de ne même pas essayer, l'effort c'était de me retenir. Je m'attardais dans la cuisine. La machine à laver la vaisselle était cassée, je faisais la vaisselle moi-même. Celle du soir et du matin, j'essuyais, je rangeais. Je nettoyais la table, je passais des coups d'éponge sur les plaques. Puis je quittais la cuisine, en me disant : ça va aujourd'hui, aujourd'hui ce sera une bonne journée, je sens bien que je n'ai pas envie d'écrire, la journée va bien se passer, je vais peut-être même sortir, je vais peut-être même aller me promener, ou faire les boutiques, traîner. Je prenais ma douche. Je m'habillais, j'arrivais alors vers dix heures ou onze heures. Je m'installais pour lire. Et puis, une idée me traversait, une phrase me traversait, en allant d'un point à un autre de l'appartement. Je pensais que ça ne me coûterait rien d'essayer. J'allumais l'ordinateur. J'écrivais ce que j'avais pensé, ça n'allait pas. C'était trop tard, j'avais mis le doigt dans l'engrenage, ça allait durer toute la journée à partir de là. C'était fini, j'avais échoué. Au bout d'un moment j'éteignais l'ordinateur comme je me l'étais promis. Je retournais lire ou j'envisageais de sortir.

Mais non, j'allais jusqu'au bout de la journée consciente de la stratégie d'échec dans laquelle j'étais emportée. L'appartement était en train de devenir un tombeau. Il y avait certaines choses que je n'arrivais toujours pas à faire, comme par exemple signer l'acte de partage de la succession de mon père avec les injustices qu'il contenait, je regardais l'ordinateur de haut et je m'installais pour lire. Mon père avait gagné des fortunes pendant sa vie, et il appartenait à la bourgeoisie depuis des générations, et j'allais toucher à peine cent mille francs. Ça a duré à peu près trois jours. Ensuite les trajets vers l'ordinateur ont repris, ce que je produisais était toujours aussi inintéressant, ça avait toujours aussi peu de valeur. Je traversais une longue période d'impuissance. Un jour je déjeunais avec Hélène, au Flore, Marc Weitzmann entrait aussi, il s'est assis près de nous, il m'a demandé de mes nouvelles, et entre autres si je travaillais en ce moment. À Paris c'est une question récurrente. Puisqu'ils écrivent tous, puisqu'ils travaillent tous, tous les gens des milieux que je côtoyais. Je lui ai dit que j'effaçais tout ce que je faisais. Il ne comprenait pas, j'avais une virulence pour dire ça qui le surprenait. Je m'étais emballée tout d'un coup en parlant de ça. Ça tranchait sur le ton habituel. Il m'a dit : il faut juste que tu trouves un sujet qui t'intéresse, et que tu t'y mettes. Mais je lui avais répondu du tac au tac, sans avoir besoin de réfléchir, que rien ne m'intéressait, qu'il était là justement le problème. Je me mettais devant la machine tous les jours, j'écrivais parfois dix pages en une matinée, et le lendemain ça ne m'intéressait plus moi-même, c'était affreux.

C'est affreux, c'est les pires moments de l'écriture, de toutes les phases c'est de loin la pire. On a beau chercher, il n'y a plus d'or dans la mine, c'est ce qu'on ressent, et c'est affreux, de vivre pendant des mois dans une mine désaffectée. Il avait eu l'air assez décontenancé, que quelqu'un puisse ne s'intéresser à rien ça avait l'air de le dépasser.

Il m'arrivait de téléphoner à Pierre quand j'étais à bout, c'était un moyen de quitter l'ordinateur. Un jour, je lui avais dit : mais qu'est-ce que tu veux c'est normal, il ne m'arrive plus rien. Sachant très bien que je tapais un endroit sensible. Il était resté néanmoins très calme, et il m'avait dit : si, il t'arrive quelque chose, tu as une histoire d'amour. Je lui avais dit : oui mais je n'y arrive pas, pour toi ce serait facile de raconter ton histoire d'amour avec moi, pas pour moi, si par exemple tout à l'heure quelqu'un te demande : racontez-moi votre histoire d'amour avec Christine Angot, qu'est-ce que tu dis ? Je me doutais de ce qu'il avait à dire, il a dit : le lundi, j'étais seul, depuis trente-neuf ans, et le mardi, je n'étais plus seul, et trois jours après, je vivais avec elle et mes ennuis commençaient. Alors que toi tu en as eu d'autres des histoires d'amour, tu as vécu dix-sept ans avec quelqu'un, tu as eu un enfant, ce n'est pas le passage brutal du vide au plein. Il ne m'arrivait rien de nouveau donc, il en convenait. Mais il insistait sous le prétexte que je n'avais jamais raconté d'histoire d'amour. Il devait y avoir une raison, je répondais. Il me disait : dans les livres, d'habitude, c'est : La première fois qu'il vit Claire, ses cheveux brillaient dans le soleil qui filtrait par la porte-fenêtre. C'était vrai, et en plus c'est toujours un homme qui raconte une femme, jamais le contraire. C'est toujours un homme qui dessine un personnage de femme, et jamais le contraire. Mais je n'étais pas faite pour ça. Je n'allais pas raconter qu'au début nos seules conversations c'étaient : quoi ? et que je lui répondais : je ne sais pas, toi, quoi ? Il me disait : je ne sais pas, rien, et toi ? Je lui disais : rien je ne sais pas. Pourquoi ? Tu as l'impression que je te dis quelque chose ? Qu'est-ce que tu vois, toi, dans mes yeux, tu as l'impression que je dis quoi ? Tu as l'impression que je te dis quelque chose. Il me disait : non, je ne sais pas. On s'arrêtait, et puis ça reprenait quelques minutes après. Je ne sais pas si c'est très intéressant, tu vois, je lui disais. Au fond de moi-même je pensais le contraire, je pensais que c'était très intéressant, mais qu'il fallait être beaucoup plus fort que je ne l'étais.

Depuis que j'étais à Paris j'étais mal dans mon corps. Le bruit, les distances, la pluie, je n'avais pas de salle de gym proche. Caroline Champetier m'avait fait profiter d'une invitation aux Bains du Marais, j'en étais ressortie très bien, très détendue, très heureuse, mais c'était loin, il fallait se déplacer trop loin, je n'avais plus l'autonomie de mon corps. Je ne m'adaptais pas. Ou alors il fallait que je m'habitue à dépenser des sommes énormes. Tout ça coûtait des fortunes, je ne pouvais pas, ce n'était pas dans ma nature, et surtout je n'arrivais plus à écrire, j'allais tomber dans la misère. Même si la commission du CNL m'avait refusé une bourse au motif que je vivais avec quelqu'un qui gagnait bien sa vie.

Et que j'étais très bien introduite dans le milieu, c'était à crever de rire. Les nouvelles circulaient. Mais quand je me déplaçais quelque part, dans un endroit officiel, où j'étais invitée, on ne me disait pas bonjour, on ne me saluait pas, une fille des *Inrockuptibles*, que je connaissais, m'avait presque marché dessus le jour d'une projection à Canal Plus, sans me dire un mot, sans me saluer, sans me dire bonjour. Et tous les autres journalistes avaient fait la même chose, sans me marcher dessus c'était la seule différence. Mais quand Pierre était arrivé, plusieurs s'étaient retournés vers lui avec un grand sourire, bonjour Pierre Louis, etc., c'en était caricatural, Paul Otchakovsky avait raison, le milieu se vengeait. C'était la projection de presse du film avec Lætitia, où il y avait cet intertitre, emmenez-la. Tout ça, ce n'était pas grave, j'avais l'habitude.

On est arrivés en février complètement épuisés, tous les deux. Léonore partait à Montpellier quinze jours. Mais lui, drogué qu'il était par le travail, refusait de partir. Il n'était jamais parti avec qui que ce soit en vacances. Au début, quand il vivait à Lyon avec sa famille, il y avait toujours des tensions entre ses parents, mais ils restaient ensemble. Un jour il y a eu une petite engueulade de plus, et il a dit : ça suffit maintenant séparez-vous. Et c'est ce qu'ils ont fait. Son père est allé vivre ailleurs, il n'était jamais là de toute façon, sa mère est partie vivre à Paris avec sa sœur. Il est resté tout seul dans leur appartement, et depuis il n'avait jamais plus revécu avec personne. Dès qu'il entrait en contact de trop près, ça lui était insupportable, et avec moi pareil, il ne supportait pas. La solitude était le seul état possible, et donc on avait des crises tous les jours.

Ce n'était pas un hasard si à quarante ans il n'avait jamais vécu avec personne. Il fuyait la réalité, il ne pouvait pas y faire face. J'aurais pu m'en douter, et j'aurais dû m'en douter, j'avais des éléments. Mais j'étais flattée, bêtement flattée, au lieu de m'inquiéter. Je me disais : c'est normal, pour vivre avec moi il fallait quelqu'un qui ne supporte personne, personne d'autre que moi, personne d'autre que moi n'était à la hauteur, personne ne pouvait comprendre, personne d'autre que lui ne pouvait comprendre, et lui, il m'attendait. Pour trouver quelqu'un qui le comprenne. Il délirait à intervalles réguliers, au point qu'il avait fini par me demander de ne pas trop en tirer de conséquences. C'était tous les jours. On ne voyait pas le coup partir. Ce que je constatais, juste avant que ça parte, c'était un état apparemment calme, tranquille, mais fermé. C'était tranquille uniquement parce que c'était fermé. Il était dans une bulle. Ça ne se voyait pas toujours. Parfois ça partait vraiment sans prévenir. Je n'arrivais à analyser les circonstances qu'après. Il y avait toujours un petit déclic, un motif. Une circonstance. Quelque chose. Je constatais mais je ne savais pas, je n'arrivais pas à comprendre à quoi c'était lié. Souvent c'était lié à moi, je m'en suis rendu compte très longtemps après. Quand il se calmait, il tendait la main, il arrivait à être lui-même. Il tendait la main un peu comme un enfant qui disait : reviens maman, quand il savait que seul l'énervement avait été responsable. Son stress était permanent, j'étais tombée sur un malade et je l'aimais, il fallait que je sois lucide. Mais je n'en étais plus, moi en face, au stade où j'arrivais à revenir. Je m'éloignais de plus en plus. Je n'aimais plus la folie. Je l'avais aimée. Il y avait eu des dizaines de crises maintenant. Des dizaines de fois je m'étais dit que ça ne pouvait plus durer, que c'était fini, inacceptable. Qu'il fallait qu'il règle ses délires avec d'autres que moi. Trop de gens avaient testé leurs délires sur moi dans le passé, et il y en avait encore plein. Tous les jours je recevais des lettres de délire, j'avais ma dose, et des amis, le nombre d'amis aussi, avec qui j'avais été obligée de rompre, parce qu'ils ne pouvaient pas s'empêcher de passer les bornes avec moi. Ça m'était arrivé encore la semaine d'avant avec Caroline qui me disait : je suis comme toi, je joue avec la transgression moi aussi. Je n'en pouvais plus. J'avais beau lui dire que moi je ne jouais pas avec la transgression, au contraire, elle me disait : si. Ça n'allait pas, elle avait rendez-vous chez sa psy dans l'après-midi, je lui disais : ça va, tu as cet horizon. Elle : tu veux te débarrasser de moi ? Pierre m'attendait dans l'entrée, impatient, presque tapant du pied. Il était déjà habillé, il avait son casque à la main, un samedi matin, il n'était même pas dix heures et demie. Il avait toujours vécu seul, attendre quelqu'un c'était une entrave radicale à sa liberté, à sa bulle, à sa liberté de mouvement, à son droit de décider de où et quand, tout seul, n'avoir personne d'autre dans son champ que lui. Pour un dossier hommes-femmes un journaliste demandait à des couples de se faire photographier. Pierre m'a dit : tu as toujours été seule sur les photos, il faut continucr. Ou alors tu te fais photographier avec moi et tu me découpes. C'est sur ce type-là que j'étais tombée. Ce n'est pas comme l'amitié, avec lui j'hésitais à arrêter. Comme il l'avait dit lui-même, on ne perd rien quand une amitié s'arrête, alors que quand c'est l'amour on perd tout. J'avais voulu lui faire expliquer, mais il avait prétendu que tout était dit dans la phrase. On était attachés maintenant l'un à l'autre. Quelque chose chez moi attirait ces comportements-là, je ne pouvais pas le nier. Le premier malade que j'avais attiré ç'avait été mon père, et puis ç'avait été une longue liste. Je déclenchais des comportements étranges. Avec certaines personnes, des confiances soudaines. L'année dernière, quand je pensais que je ne pourrais plus jamais vivre avec quelqu'un et que j'allais terminer ma vie seule, j'étais lucide. Je n'attirais plus que des tocards, et de plus en plus. Quand j'avais rencontré Pierre, ç'avait été un soulagement, je m'étais dit : ça y est c'est le coup de foudre, inattendu, les surprises de la vie, le pouvoir de l'amour. J'allais enfin avoir une zone protégée de la folie. Or pas du tout. C'était deux caractériels s'accrochant à des planches pourries. Et encore, moi j'écris et je fais une analyse, depuis plusieurs années. J'arrive à supporter beaucoup de choses. Alors que lui, il ne voyait rien, c'était un réactif pur. Il partait en claquant la porte et en disant des horreurs. Il menaçait de rompre le plus vite possible. Mais l'heure d'après il avait oublié. J'étais à peine énervée, J'étais tombée sur un malade, il avait de la chance d'être tombé sur moi. Parce que je savais que c'était sa crise. Mais je n'étais pas obligée de l'accepter indéfiniment. Pourquoi j'acceptais de vivre avec les rebuts de la société ? Pourquoi est-ce qu'il fallait absolument que ce soit moi qui supporte ceux qui à quarante ans n'avaient jamais rien pu construire ? Ou construit des embarcations qui prenaient l'eau de partout. Ou étanches parce que cadenassées. Verrouillées de l'intérieur, j'en avais connu. J'avais trop connu ça. Il fallait que j'y réfléchisse. Est-ce que je voulais vraiment continuer ? Est-ce que c'était bon pour moi ? Est-ce que c'était viable ? C'était aussi à moi de décider. Ces gens-là trompent leur monde en dehors des crises, Marc Weitzmann ne le trouvait même pas nerveux, ils sont calmes, posés, distants même, légèrement en retrait. Les crises sont d'autant plus aiguës. Un jour il était allé jusqu'à faire un œdème de Quincke dans un accès de colère, un médecin de SOS est venu, il lui a fait une piqûre, et il a dit qu'on en mourait par étouffement, car la langue gonfle dans la bouche. Il nous est arrivé de passer un jour entier très calme, on était bien ensemble. Et puis ça ne prévenait pas, je me retrouvais en face du malade. Et comme pour mon père, j'étais seule à m'en rendre compte. Il disait que c'était moi qui le mettais dans cet état. Je voulais noter chaque crise, avec les circonstances, pour les supporter, écrire m'avait déjà aidée, enfin… ce n'est pas si sûr. J'aurais préféré vivre avec quelqu'un de normal, quelqu'un de centré, quelqu'un qui pouvait vraiment me rendre heureuse, pas faire semblant, pas le promettre, pas seulement le vouloir, pouvoir. Je voulais quelqu'un qui en ait le pouvoir, qui puisse, qui sache comment faire. Mais dans les phases très caractérielles son pouvoir était anéanti, téléguidé par une force inconnue, il débitait un discours incohérent, il était le jouet de quelque chose. Et alors il se déchaînait contre moi. Ce genre de comportements inconnus ne me faisait pas peur, mais me fatiguait, m'épuisait. Il avait constamment besoin de réaffirmer qu'il était libre. Qu'il pouvait faire ce qu'il voulait. Qu'il avait le droit d'aller et venir. Qu'on n'était pas obligés d'être collés. Comme des escargots, comme des limaces, qu'on n'était pas voués à la… collitude. Ça me terrassait moi, au lieu de le laisser dire. Qu'il avait le droit d'aller seul au cinéma. Qu'on n'était pas obligés de faire toujours tout ensemble. Il était libre de ses mouvements. On ne faisait presque rien ensemble. Il avait besoin d'être seul, très seul. J'avais devant moi le spectacle d'un homme très seul, qui piquait une crise dès qu'on le touchait. Sauf dans des intervalles où il était tranquille, mais qui devenaient rares. On est donc arrivés en février comme ça, dans cet état-là, à bout, et lui qui ne voulait pas partir en vacances à cause du journal. Alors que nerveusement on tirait sur la corde depuis plus d'un mois. Léonore partait deux semaines. Au bout de la première semaine, il me dit : partons demain, tu as raison, il faut partir. J'avais téléphoné tout de suite dans une agence pour partir quelque part, si possible au soleil, il restait deux places dans un avion pour Ouarzazate, où on a passé une semaine. Une semaine géniale. Donc je ne m'étais pas trompée. J'étais de nouveau amoureuse. Tout ce que j'avais aimé chez lui était là, intact. C'était à Paris que ça n'allait pas.

Ce que j'avais du mal à supporter c'était les promesses qu'il faisait, et qu'il ne pouvait pas tenir, parce que la folie revenait. J'étais coincée, enfermée dans cet appartement avec ma fille, qui s'était attachée à lui. Pourtant elle aussi il la rendait malheureuse, avec son délire anti-famille. Ça le prenait d'un coup, d'un coup il devenait fou parce qu'il avait vu un œuf de Pâques, ou alors parce que je lui avais dit, alors qu'on s'apprêtait à sortir : tu m'attends ? Et lui : non je sors quand je veux, j'ai ma liberté de mouvement, tu me rejoins en bas. Etc. Ça avait duré des heures. C'était à Zurich, je lui demandais juste de m'attendre pour descendre l'escalier. Le vendredi soir, on avait été bien au téléphone. Il était arrivé très tôt le samedi matin. On avait fait l'amour avant que j'aille à mon premier rendez-vous de la journée. Il était parti se promener. Quand il est revenu, j'avais fini, on monte dans la chambre, on s'endort. Et quand il se réveille, il me dit : en Suisse tout ferme à quatre heures le samedi, il faut vite sortir. J'étais prête, j'avais dormi tout habillée. Je n'avais plus que mes chaussures à mettre. Il me dit : je descends, je t'attends en bas. Je lui dis : non attends-moi. Il refuse. Descendre un étage toute seule ça ne me dérange pas, mais je vois qu'il est en train, pour affirmer une fois de plus son indépendance et sa liberté, de faire un enjeu de pouvoir de la descente de cet étage ridicule, quelques marches, et je décide de ne pas laisser couler. Je ne peux pas laisser passer des manifestations de folie tellement explicites. Je m'en rendais compte à sa voix, à son visage qui se transformait, il n'y avait plus aucune trace de sourire. Il disait : je suis seul, je descends l'escalier seul. Si j'étais descendue avec lui, il n'aurait plus eu d'espace, je lui aurais bouffé la vie, ça aurait signifié : je ne peux même plus faire un pas seul sans elle. S'il se rendait compte de ce qu'il était en train de faire, tous les espoirs seraient de nouveau autorisés. Donc j'ai décidé de ne pas laisser passer. Je suis restée dans la chambre. Il a descendu comme il le voulait, l'étage en question, seul. Il attendait en bas. Mais je n'avais plus envie d'aller me promener, non pas parce que ma volonté n'avait pas été exécutée, mais parce que je ne voulais pas me promener au bord du lac avec un timbré, ça suffisait. Des fous. Je n'étais plus émue par les fous. Un pauvre type réduit à descendre 30 secondes avant moi, tout seul, l'escalier de l'hôtel Seegarten, près du lac. Donc je n'avais pas envie de sortir. Je pensais qu'il s'en douterait, pas du tout il attendait sous la pluie, je le voyais à travers les rideaux, il avait mis sa casquette rouge. Comme les fous qui ont parfois des signes distinctifs originaux. Il n'avait pas l'air de s'énerver. Je ne pouvais pas le laisser comme ça. J'ai décidé de descendre, il fallait que je me détende avant la lecture du soir. J'avais envie de voir le lac, je ne connaissais pas Zurich. Mais je ne voulais pas me promener avec lui, ça, ça n'avait pas changé. Quand je suis descendue, il s'est approché de moi. Je lui ai dit : je n'ai pas envie de me promener avec toi, et j'ai avancé, dans la direction du lac. Arrivée au lac, je l'ai aperçu qui débouchait par une rue parallèle. Je regardais le lac. J'étais sûre de moi, cette fois-ci. Soit il comprenait qu'il avait dérapé, qu'il donnait vraiment des signes de déséquilibre, soit on se séparait. Il avance vers moi. Il me dit : je te préviens, je suis venu à Zurich pour toi, si je ne me promène pas avec toi, ça n'a pas de sens, et si tu continues, je pars, je reprends l'avion tout de suite, et tu ne me revois plus jamais. Tu m'entends ? Je lui dis (et je ne jouais pas, je le pensais) : c'est très bien, pars, ça ne m'intéresse pas de me promener sur le lac avec quelqu'un qui n'est pas capable de m'attendre pour descendre un escalier tellement il ne connaît plus ses propres contours, tellement il a besoin de se reprouver chaque fois à lui-même qu'il n'a rien perdu de ses réflexes autonomes. Qui vient à Zurich me rejoindre mais qui m'en veut de l'attirer jusque-là au point d'être incapable de descendre un escalier avec celle qu'il est venu voir. Il a réitéré sa menace. Une menace qu'on réitère c'est qu'on va la retirer. Il la réitère. Je restais intransigeante, je ne bougeais pas d'un doigt. Parce que j'avais une argumentation sans faille cette fois, et je savais que la seule chance qu'on avait c'était qu'il reconnaisse sa folie. Sinon je ne pouvais pas me promener au bord du lac. Je ne pouvais vraiment pas, et je ne devais pas, je ne devais pas continuer avec des gens complètement inconscients. Il avait un reproche en retour : tu es une petite fille, tu as peur de l'abandon, c'est stupide. Une capricieuse qui veut qu'on descende l'escalier avec elle et qu'on obéisse à ses volontés. Ça a été l'escalade, j'avais peur pour ma voix le soir. Et puis à un moment, il a convenu de tout, il est devenu lucide, il a tout admis. Et l'abandon, c'était lié à son fils, tout. Au moins avec lui c'est visible, alors que ceux qui cachent leur jeu, les décompensations sont rares, les affirmations de soi maladives épisodiques, et c'est l'illusion. Avec Pierre, c'était devenu minimum une fois par jour. Il ne faut pas lui parler le matin, ni le soir, ni quand il travaille, ni quand il est seul dans sa tête. Il ne fallait pas lui parler le matin, avant qu'il ait lu les journaux. Certaines formules, certains sujets, le faisaient sortir de ses gonds. Un mardi, Léonore n'avait pas d'école le lendemain, j'avais pensé qu'on pouvait aller au restaurant le soir, il n'avait pas supporté que j'en parle. Mais je faisais des tentatives régulières pour parler normalement. Il faisait régner une ambiance vraiment désagréable. Il vivait dans sa bulle, il n'avait pas de rapport avec nous. On le gênait. Je le sentais, Léonore ne disait rien. Elle partait à l'école sans avoir reçu aucune chaleur avant de partir. Je savais qu'on allait droit contre un mur, c'était sûr qu'on allait se séparer un jour. Au début je ressentais le malaise sans le comprendre, plus tard je voyais son visage qui se transformait. Je voyais le fou qui prenait sa place, ses yeux qui s'arrondissaient, sa bouche qui s'ouvrait sur des rires nerveux uniquement. Ou pour dire : il n'est pas question qu'on ne me fasse vivre que les inconvénients d'une famille. Sans être conscient à ce moment-là de ce qu'il disait. Il était dans le déni permanent. Un jour au restaurant à Aix il avait réservé au nom de Angot, ce qui faisait Pierre Angot, en disant qu'il ne voyait pas où était le problème qu'il en avait marre d'épeler son nom trois fois. Quand il partait le matin dans cet état, parfois, il fermait la porte de l'ascenseur, et c'était un dingue derrière la grille. Un pauvre type, un pauvre aliéné, qui ne se rendait même plus compte qu'il était complètement téléguidé. Il avait perdu toute liberté. Il était le jouet, consentant, à son âge, de la névrose de sa famille, et je dirais même de son peuple, le peuple juif. Il était la victime de la névrose du peuple juif, et de la névrose de sa famille, ça faisait beaucoup, c'était énorme. Je comprenais et je pouvais peut-être supporter, mais pas tous les jours, c'est trop, je m'étais retrouvée avec le dos bloqué. Je ne pouvais plus bouger, je me méprisais de n'avoir pas compris que puisque ça durait depuis près de trente ans les fous dans ma vie, ça continuerait toujours. Jamais je ne pourrais éviter que ces types-là viennent. J'aurais toujours des hommes fous dans mon lit. Dans le lit, là ils se calmaient, ils étaient bien. La bulle se reformait, dès qu'ils arrêtaient. Elle revenait inattaquable. On était à Zurich un samedi, je l'avais vu ressentir une émotion forte, dans la rue, quand il avait vu le marchand de jouets Weber. Un grand fabricant de jouets suisse, où ses parents l'emmenaient de Lyon quand il était petit. Au lieu d'être naturel, il en avait fait deux fois un mini-spectacle : comment, comment, j'arrive chez Weber, on ferme ? On me ferme la porte à moi chez Weber ? On me refuse l'entrée chez Weber à moi ? Au lieu de dire : tiens c'est chez Weber, j'y allais quand j'étais petit, à Bâle ou à Genève. D'entrer et de regarder ce qu'il y avait, sans faire le clown grotesque. L'état normal, jamais. Être soi-même. Il était constamment sous l'emprise de la névrose, à ce moment-là, tout le temps, avec la crise qui s'ensuivait, ou sous celle de son personnage, PLR. C'étaient ses initiales, c'était comme ça qu'il signait ses papiers de journaliste. L'information c'était sa drogue. Les journaux. En vacances, il tombait du lit à sept heures et demie, il prenait sa douche et il courait chercher les journaux, tant qu'il n'avait pas fait ça, il était à cran, dès le matin. Et puis quand il les avait, ça pouvait être un exploit de les trouver, par exemple à l'étranger, s'il les avait, pendant une bonne heure, une heure et demie, deux heures, il ne fallait surtout pas lui adresser la parole. Les journaux avaient été longtemps sa seule fenêtre sur l'extérieur. À coups d'informations il devait être en train de construire un pont, un mur qui pourrait en soutenir la vision, un cadre ? Ou alors un obstacle contre la loi du discours ? Pour avoir des informations sûres à opposer ? Ce qu'il fallait c'était surtout ne pas les rater, les avoir avec trois jours de décalage ce n'était pas grave. C'était surtout physique, c'était un besoin, le papier, le lettrage, la texture. L'épaisseur. Avant il faisait un jeu où on lui bandait les yeux et où il était capable de les reconnaître rien qu'au toucher, au poids et à la forme.

Il savait comment les trouver. Il repérait tout de suite, dès qu'on arrivait, tous les points de vente. Il regardait pendant qu'on se promenait. Il ne guettait que ça, comme s'il guettait une déclaration de guerre. Le lendemain matin quand c'était l'heure, il partait, comme on part en chasse. Il prenait sa douche et il partait, il pouvait revenir seulement au bout d'une heure, une heure de recherche. Parce que s'il ne trouvait pas ce qu'il cherchait, il demandait au type de lui sortir ses listings de commande, pour savoir combien il y en avait. Il partait tôt pour que les journaux n'aient pas été vendus avant son passage. Il n'avait tellement pas confiance dans ce que pouvait lui dire le type qu'il lui demandait les listings de la veille aussi. Et après s'il n'avait pas trouvé ce qu'il voulait, comme par exemple en avril, on était en Italie, à une heure de la frontière, on trouvait beaucoup plus de journaux allemands que de français, à cause des touristes, alors qu'on était à une heure de la frontière française, on trouvait à peine *Nice Matin* ça le mettait en rage, et pendant toute la semaine, il hurlait contre la presse française, il disait qu'il n'était pas étonné et que, si ça continuait il partirait travailler dans un journal à l'étranger, ou créer un journal à l'étranger. Tous les jours la chasse recommençait et allait être différente, parce qu'il n'y avait pas forcément une régularité des stocks et des journaux commandés, c'était anarchique. Il achetait les journaux italiens et allemands même sans parler les langues, il comprenait d'après la mise en page, la maquette, le lettrage. Il refusait de partir dans des endroits où on ne les trouverait pas plus de deux jours. Comme Assouan en Égypte, où je voulais retourner.

Ça faisait six mois qu'on vivait ensemble, et en six mois il n'y avait qu'en vacances, loin de Paris, que je ne l'avais pas vu trop tendu. D'une manière générale, il s'attendait au pire, il se préparait chaque jour à parer à toutes les éventualités pour s'échapper d'un traquenard dans lequel on pourrait vouloir l'attraper, le boucler. Quand j'appelais au journal la première moitié de la semaine, j'appelais rarement, c'était surtout lui qui m'appelait, il voulait savoir comment j'allais, c'est-à-dire comment je résistais, est-ce que je tenais, parce qu'il n'avait que moi, il le savait, malgré ses désirs de retourner à la niche, comme il l'avait dit. C'était un dimanche. Depuis six mois ça se passait mal tous les week-ends, la semaine ça dépendait des soirs. Un samedi, où il allait chercher une chemise qu'on avait commandée chez Agnès b., une chemise bleu clair, c'était la première fois en six mois qu'on se promenait un samedi après-midi dans le sixième, ç'aurait pu être tranquille et calme, pour une fois, il faisait beau. Léonore dormait chez une copine. La moitié de la semaine quand j'appelais au journal, il me disait : je boucle. Il bouclait le mercredi, et toute la moitié de la semaine, il répétait comme un malade : Je boucle. Je boucle. Ça va ? Je boucle. C'était le seul mot qu'il avait à la bouche comme un épileptique en crise. Pendant les vacances j'avais eu une séance de shiatsu, dès qu'elle m'avait touchée la fille avait dit : vous n'avez plus aucune réserve. Comme d'un cas rare, préoccupée. Quand il me demandait si je tenais c'était parce que je n'arrivais plus à écrire.

On est passés par la rue Saint-Sulpice, il y avait un dépôt-vente, quand j'en vois un il faut toujours que je m'arrête, il m'attendait sur le trottoir en fumant. Et là j'ai senti : ça y est, là il est en train d'accumuler. On a continué, on a avancé, on est arrivés chez Agnès b., on a pris la chemise bleue, puis il a eu envie d'un stylo, il m'a parlé d'un Parker qu'il avait eu. C'était frénétique, ce n'était pas détendu, pas calme du tout. Je ne disais rien, j'attendais, j'attendais qu'il se détende. Mais je commençais à comprendre qu'une crise se préparait, et qu'il ne la voyait même pas venir. Il marchait à un mètre devant moi. Pour affirmer qu'il n'y avait pas que moi sans doute, qu'il était seul. Il se promenait les mains dans les poches, c'était un être indépendant. On n'était pas obligés d'être tout le temps ensemble. Il pouvait aller et venir. Il était dans sa bulle, il ne pouvait même pas sourire. Il ne pouvait pas non plus tendre la main. Il ne pouvait pas prendre ma taille, il ne pouvait rien faire, il était enfermé dans sa sphère. Il marchait deux pas devant moi rue de Sèvres, je me suis arrêtée, et je lui ai dit : je rentre, j'en ai assez, jusque-là j'ai essayé de t'aider, de mettre ma main sur ton bras, et de la retirer quand je voyais que ça t'énervait, mais je ne peux plus, je ne veux plus vivre avec quelqu'un qui est seul dans sa bulle et qui m'ignore. Il n'était pas dangereux, mais il me faisait souffrir, de voir le raidissement de ses membres et sa bouche qui devenait toute petite me faisait souffrir. Je ne supportais plus la folie. Michel, l'été dernier, c'étaient les cernes sous les yeux. Et puis les lèvres qui s'écartaient dans une espèce de sourire où on voyait ses dents très écartées. Un sourire où il allait enfin dire ce qu'il pensait : qu'il nous détestait tous. Et que moi, en particulier, je voyais la paille dans l'œil de mon voisin mais pas la poutre dans le mien. J'avais essayé là aussi de supporter le maximum que j'avais pu. Je ne craquais jamais, j'avais une bonne endurance. Mais depuis septembre, j'avais de moins en moins de résistance. J'avais toujours été attirée par les faibles et les fous, et je les ai toujours attirés. Pierre me disait que s'il avait la possibilité d'appuyer sur un bouton pour que tout s'arrête, il ne le ferait pas. Il ne me demandait pas ce que je ferais moi.

La moitié de la semaine il bouclait, le reste de la semaine il préparait le bouclage d'après, et le soir, il rentrait chez lui, il prenait un bain, il prenait deux bains par jour, sa seule détente, avec le pain trempé dans du chocolat le dimanche matin. Il ressortait, s'il y avait un dîner, il était invité, ou il invitait, et il faisait toujours le même plat, ce plat, je ne l'aime pas. C'était un sauté de veau, et je n'aime pas la viande. Alors que ça faisait l'admiration de tous ses amis. Tout le monde avait entendu parler de ce plat, ça faisait partie du personnage, à part entière. Il avait personnalisé des choses inanimées, comme son scooter, son sauté de veau, les films de sous-marins, il s'accrochait à tout ça comme à une bouée. Et puis à Ventabren il y avait la famille de secours. Il était anti-famille, mais il avait une famille de secours, c'était complètement incohérent. Il était dans la contradiction permanente, il n'avait pas de repères, ou contradictoires, jamais les mêmes. C'étaient des théories qui se contredisaient les unes les autres, doubles, parce qu'elles servaient de fondement à des vies distinctes, parallèles. Il avait deux vies en pilote automatique, et deux moteurs différents, deux volants, anti-famille d'un côté, et de l'autre il se gavait de crème caramel à Ventabren, son village adoptif. Son père, il n'en parlait jamais. Sauf pour se souvenir des beaux meubles 1950, signés, qu'il avait. Il se demandait tout le temps : je ne sais pas ce qu'ils sont devenus, ses yeux s'allumaient. Les premiers magasins dans lesquels j'étais entrée avec lui, avaient été des magasins de meubles contemporains. J'avais visité le camp de Sachsenhausen, en Allemagne, à côté de Berlin. On m'avait montré la veille dans un restaurant d'Oranienburg, un parquet du dix-huitième, protégé sous un gros plexiglas, dans la maison d'un banquier juif, qui avait été transformée en restaurant. Les chefs politiques aimaient dîner là parce qu'ils pouvaient fermer les portes, ils se retrouvaient alors dans des petits salons. Le lendemain j'ai voulu visiter le camp. Le soir Pierre n'avait pas supporté quand je lui avais raconté. Et deux jours après, quand j'étais rentrée à Paris, il faisait chaud, j'avais la manie de tout fermer la nuit, il me fallait du silence et de l'obscurité, et de la chaleur, je m'étais réveillée, je me réveille toutes les nuits, et ça fait vingt ans que je dors avec des médicaments, quand je ne dors pas, je n'arrive jamais à rattraper mon sommeil le lendemain, j'encaisse la fatigue, je l'accumule. Pierre s'est réveillé aussi, il s'est plaint de la chaleur, il m'a demandé de laisser la porte ouverte, je lui ai dit que je préférais fermer à cause du bruit. Et là, il a crié, il a hurlé, au milieu de son sommeil : c'est ça, ferme, ferme la porte du four. J'avais dû téléphoner d'urgence à mon psychanalyste le lendemain. Pierre disait que c'était de l'humour, et que de toute façon, dans son esprit, ça voulait dire : ferme la porte du four mais derrière nous, tu ne fermais pas la porte du four sur moi pour ressortir après m'avoir laissé dedans bien sûr, tu rentrais te coucher avec moi et tu la refermais mais on était tous les deux dans le four. Comment as-tu pu penser le contraire ?

D'autre part, sa mère avait eu des périodes mystiques, bouddhiste et catholique, elle lui faisait faire du catéchisme et du yoga, à neuf ans, et puis elle était revenue au judaïsme. Il avait passé deux mois dans une couveuse, c'était le rescapé de la famille. Une famille de juifs qui s'étaient cachés dans des fermes pendant la guerre, près de Lyon. Il a eu quarante ans l'année où on s'est rencontrés, personne ne lui a téléphoné, son fils avait eu dix-huit ans, il ne lui avait pas téléphoné non plus, il était isolé, il n'avait que moi. Un dimanche, il était allé voir *Pearl Harbor*. Il aimait les films de guerre, les avions, les bateaux, et par-dessus tout les sous-marins. Les lieux clos, toujours pareil, les bulles. Il y avait eu une crise violente, je n'avais qu'une envie à mon tour : être seule, en tout cas pas avec lui, je trouvais que la vie avec lui n'était pas drôle. Il est revenu, ça a pété encore. Il m'a dit : tu m'as manqué au cinéma. Je lui ai répondu : ça ne m'intéresse pas de te manquer quand je ne suis pas là, ce qui m'intéresse c'est que tu sois bien avec moi quand je suis là. On commençait, et ça aurait sûrement dégénéré, Caroline avait appelé, je lui avais demandé si ça allait mieux. Elle m'avait dit : oui je me suis fait remonter les bretelles par ma psy. Et de nouveau : je suis comme toi, je joue avec la transgression. J'avais répondu : non, moi non. Et elle : admettons, enfin moi je joue avec la transgression, et donc après il ne faut pas que je m'étonne, etc., etc., quand je mets ma fille dans mon lit le dimanche matin, etc., etc. J'en avais marre. Ça m'avait empêchée de dormir déjà la veille qu'elle me dise ça. Je voulais raccrocher vite. J'avais un peu attendu, et quand j'avais reparlé à Pierre ç'avait été la quatrième crise du week-end. Il était allé sur le balcon, moi dans la salle de bains. Je pleurais, lui, il fumait. Par moments il devenait complètement insensible, il pouvait m'entendre pleurer, il se savait insensible, ça ne le gênait même pas pour travailler. À chaque fois que je lui reprochais d'être tendu, d'avoir un rapport au plaisir compliqué, jamais simple, jamais léger, il me disait que j'aurais dû prendre le même en séfarade. Juste au moment où je lui décrivais les fours crématoires, par téléphone, de Berlin, il m'avait demandé d'arrêter. Alors que le matin avant que j'y aille, il m'avait dit de lui raconter quand je rentrerais le soir. On était dépassés. Complètement dépassés. On ne maîtrisait plus rien. On ne contrôlait plus rien. Un jour après une crise je pleurais dans la rue Portalis, et il m'a pris la main pour me faire sentir son sexe qui bandait. Comme une preuve de quoi ?

Quand Sylvie me demandait : avec ton mec, comment ça va ? Je faisais : bof. Elle me disait : la dernière fois c'était le grand amour. Je lui disais : oui mais il y a trop de crises. Elle m'avait répondu : oui mais est-ce que vous vous retrouvez ? Oui, à chaque fois, on se retrouve. On sait qu'on doit être ensemble. Mais c'est un fou qui ne marche qu'à la théorie, je n'en peux plus. Celle du pilote automatique, des oiseaux mazoutés, de l'horloge biologique, par formules, comme travailler pour le suivant, comment oui mais pourquoi, les Chaumont, ils sont partout, ce sont ses points de repère, ça revient tout le temps dans sa façon de parler, il s'y accroche, il ne peut pas les lâcher, qu'est-ce qu'il a encore, il a des trucs de prédilection toujours les mêmes, ça doit être sa boussole, les sous-marins, les films d'action, *Apocalypse Now*, le Viêtnam, et la presse. Avec en tête le *New Yorker*, la presse française qui fait honte, le débat intellectuel en France qui n'existe plus, et à cause de son métier, parfois il lâche : j'en ai marre de les observer à la jumelle. Ça me dégoûte.

Parallèlement il avait la nostalgie de Lotta continua, d'Action directe, de la Fraction armée rouge. Il trouvait que c'étaient des beaux noms. Tout ce qui venait de lui, tout ce qui le touchait le dégoûtait, ou le décevait, ça allait de sa famille à la France en passant par le débat intellectuel et les juifs. Tout ce qui le touchait de près le décevait toujours. Même quand il parlait d'Action directe et de Lotta continua. Il admirait la Fraction armée rouge et Lotta continua mais Action directe, il les trouvait plus faibles, plus tristes, moins efficaces. Il racontait : c'était une époque de peu de couleurs, *Libé* était en noir et blanc, c'était l'ancienne formule, la formule gauchiste, en Italie il y avait les Brigades rouges, Lotta continua, en Allemagne, la RAF, et en France pas grand-chose, *Libé*, quelques gauchistes, les nouveaux philosophes, Sartre, Glucksmann, le Café de Flore. En Italie et en Allemagne, on tuait des gens on les retrouvait dans le coffre des voitures. J'avais remarqué qu'il aimait se mettre dans des situations où il pouvait prévoir qu'il allait s'ennuyer. J'avais lu que les schizophrènes étaient souvent nés dans des milieux qu'ils n'avaient pas pu contester. Tout était décevant d'avance et aussitôt oublié, ça le rassurait, il y allait quand même, après il était conforté dans sa déception qu'il oubliait tout de suite. La déception aussi était en pilote automatique. Il allait dans des dîners, dans des cocktails, dans des restaurants, avec des amis ou des relations. Il ne se passait jamais rien, et quand il rentrait, il s'était ennuyé, donc il était content de rentrer. Mais c'était un régime qui ne me convenait pas moi tout ça. Il avait la confirmation qu'il avait bien raison de s'enfermer. Chaque sortie nouvelle en apportait la preuve. Il avait bien raison de sortir le moins possible de sa bulle. Il fantasmait sur la guerre du Viêtnam, il aurait voulu être reporter à l'époque. C'était un nostalgique à un point tel que ça frisait la mélancolie, ou peut-être la Sehnsucht, ce mot allemand, qu'on dit intraduisible. Il ne mettait aucune chance de son côté, il fumait deux paquets de cigarettes par jour, il mangeait sans aucune règle, il se fatiguait, il dormait peu, s'il avait fait des tests pour calculer son espérance de vie, il aurait été au plus bas. Vivre seul je me souvenais que ça retirait deux ou trois ans d'espérance de vie. Il était sans cesse découragé, pour tout, parce qu'il n'y avait plus de débat intellectuel en France, ou parce que toutes les filles qu'il rencontrait avant étaient ce qu'il appelait des oiseaux mazoutés, avec l'horloge biologique qui faisait tic tac. Une de ses phrases phares c'était : je ne négocie pas, et, je ne suis pas démocrate. Tout était balisé à coups de formules. Un mardi soir, on était libres, Léonore était chez sa copine du vingtième. J'avais envie de sortir avec lui, d'aller au cinéma, ou n'importe où. Mais Pascal Sylvestre faisait un dîner. J'étais fatiguée, il y avait eu une crise la veille, je n'avais pas dormi avant trois heures, je m'étais réveillée à six, j'avais accompagné Léonore à la Butte-aux-Cailles, en métro puis un long chemin à pied, puis le bus pour revenir, je n'avais pas envie d'y aller. Mais je serais bien allée voir un film, et on aurait pu dîner tôt quelque part, ou à la maison tous les deux, mais il avait envie d'y aller, et moi j'avais envie de rester avec lui, finalement on y était allés. Pascal Sylvestre était depuis quelques mois avec Sandrine Bonnaire. Un garçon qui n'était jamais resté avec une fille plus d'une semaine. Obsessionnel, qui ne quittait jamais les frontières du septième. Sauf avec Sandrine Bonnaire, il passait sa vie depuis des semaines dans sa maison en banlieue, il préparait pour sa fille des coupes de glace sur le thème de la fraise, glace Ben and Jerry à la fraise, fraises, vraies fraises, fruits, et fraises Tagada. Des dîners comme ça Pierre en avait vécu des centaines. Après il était content de rentrer, de se retrouver seul avec moi. Il avait besoin de comparer son sort à celui des autres parce que le point de repère n'était pas interne. Donc il y avait des pertes de temps infinies, simplement pour jauger, estimer, sentir, ce qu'on ressent. Alors que moi je n'avais pas besoin d'ausculter la terre entière pour savoir que je l'aimais.

Deux ans plus tôt j'attendais un coup de fil d'Éric, il m'avait dit qu'il m'appellerait, il avait besoin de ne voir personne pendant un ou deux jours et surtout pas moi. Parce que je lui avais dit certaines choses, ou plutôt je les avais écrites. En attendant je lisais, c'était un livre de Linda Lê, et puis tout à coup, il y avait eu cette phrase en bas de la page : « Mais tout a déjà été dit, l'amour, la mort, la mort de l'amour et l'amour de la mort qui me hantait, l'envie de me verser par la fenêtre, de sauter d'un train, de m'ouvrir les veines, d'imprimer sur mon corps les stigmates d'un amour défait. » J'attendais le coup de fil d'Éric qui ne venait pas, on était déjà l'après-midi, et je m'étais dit : s'il s'était ouvert les veines. À vingt ans il avait déjà fait une tentative de suicide, aux médicaments, un coma de trois jours que tout le monde avait pris pour la conséquence d'un examen raté, personne n'avait compris que c'était autre chose. Je me disais : s'il s'était ouvert les veines, s'il s'était suicidé, s'il était mort. Je m'étais mise à téléphoner, ça sonnait dans le vide. Je pensais qu'il avait débranché, il n'y avait pas de raison réelle pour qu'il se soit suicidé. C'était un dimanche, toutes les pharmacies étaient fermées, dans la maison il n'y avait pas de flingue, un couteau je n'y croyais pas, et il avait un enfant. Mais s'il avait tenté de se suicider et qu'il pouvait encore être sauvé, il fallait le sauver. Je continuais de me dire « il n'y a raisonnablement pas de risque », mais la probabilité même faible était ancrée dans ma tête, il n'y avait rien à faire. Tout était toujours possible, n'importe quoi pouvait arriver. Je prendrais peut-être le risque de me faire jeter, mais pas de le retrouver mort. Donc j'y étais allée. Cette phrase me tétanisait « tout a déjà été dit, l'amour, la mort, la mort de l'amour et l'amour de la mort qui me hantait, l'envie de me verser par la fenêtre, de sauter d'un train, de m'ouvrir les veines… ». J'avais téléphoné à une amie pour qu'elle vienne garder Léonore, j'avais appelé un taxi, je ne pouvais pas marcher, mes jambes étaient trop flageolantes, j'étais trop angoissée. Je n'avais pas fait la conversation au taxi qui me disait que la rue était défoncée, je ne sais plus ce qu'il m'avait raconté. Je lui avais demandé de m'attendre, j'en avais pour cinq minutes, juste le temps de vérifier. Il s'était garé. J'avais sonné, il y avait une très haute grille et des murs hauts. J'avais sonné plusieurs fois et longtemps, bien sûr il n'y avait pas de réponse. J'avais sonné dans les autres appartements. Je ne pouvais pas escalader la grille, elle était trop haute. Les volets que je voyais étaient fermés. Sur le côté on pouvait peut-être apercevoir quelque chose de plus, en entrant par la résidence voisine, il y avait un mur surmonté d'une petite grille cachée par des arbres, en me hissant j'ai vu que les volets de la porte-fenêtre de côté étaient ouverts. J'avais escaladé le mur, je m'étais accrochée à des branches, certaines avaient cassé, des voisins avaient crié, j'avais eu le temps de franchir le mur tout de même, j'avais eu des éraflures, mais j'étais de l'autre côté, dans le jardin, il n'y était pas, en bas les portes-fenêtres étaient fermées, les volets étaient ouverts, j'ai appelé, j'ai frappé, puis, j'ai enfoncé la porte qui me paraissait la moins solide. Ça me paraît loin tout ça maintenant. J'ai pénétré dans la maison. Il est descendu en criant « non mais ça va pas, ça va pas ? ». Il était rentré à Paris et il m'avait dit que maintenant ce serait plusieurs jours avant de me revoir. J'avais beau appeler, il y avait toujours le répondeur, il filtrait. Et il avait fini par m'écrire qu'il n'avait rien à dire, rien à espérer, rien à attendre, rien à offrir. Il disait qu'il était mort, et qu'il ne savait pas combien de temps ça pouvait durer ni s'il pourrait un jour en sortir. Il disait qu'il n'entendait rien, qu'il ne voyait rien, que rien ne lui parvenait, que rien n'arrivait plus, n'avançait plus, il ne savait même pas s'il était bien ou mal là-dedans. Il disait : de toute façon s'il y a quelque chose je le trouverai, et s'il n'y a rien, il n'y aura rien, c'est égal. Il disait : ce qu'on a vécu tous les deux s'est éparpillé, c'était trop tôt, je ne sais pas si cela devait être, un élan m'a fait avancer, et puis s'est cassé, je ne sais pas si je t'aimais. Je crois que je ne t'aime pas, je t'aime infiniment, énormément, magnifiquement mais je ne t'aime pas peut-être que je n'aime personne tout simplement, ou je ne sais pas aimer plus. Cela me fait mal que tu puisses en souffrir, que tu puisses attendre. Je n'aime pas l'amour, je le déteste, je ne supporte pas qu'on me touche, d'être touché, caressé, désiré, aimé. Je suis plein de contradictions. J'espère que tu avances, que tu vis. Il disait aussi : peut-être que je suis mort de ne pas pouvoir t'aimer. J'en avais marre de tout ça. Avec Marie-Christine aussi j'étais contente que ce soit fini, je me rendais compte à quel point je m'étais gâchée, le temps perdu. Le temps perdu à ne rien faire.

Avec Claude, il s'était passé quelque chose pendant l'été, le 23 juillet, je me rappelle la date exacte, on était en vacances Pierre et moi, dans la région d'Aix-en-Provence, on était allés à Avignon passer la soirée. On prenait un verre place Crillon, il faisait très chaud. Pierre lisait le journal. Comme d'habitude. Tout d'un coup j'ai aperçu Claude, de l'autre côté de la place, juste en face. Je l'ai dit à Pierre. Je ne voulais pas qu'ils se croisent, personne ne voulait, lui non plus, et Claude non plus. Il était avec Alexandra. Je suivais tous leurs mouvements du regard, en me demandant quel allait être leur trajet sur cette place, et en espérant que Claude ne passe pas devant nous, qu'on ne se croise pas. C'était horrible. Je voulais apparaître pour qu'il change de trajet. La scène avait duré un bon quart d'heure. Ou peut-être seulement cinq minutes. Mais c'étaient cinq minutes longues, tendues. Pierre se cachait derrière son journal, il tentait de voir tout de même à quoi Claude ressemblait, je ne voulais pas. Claude et Alexandra étaient à deux doigts de passer devant nous, et ils avaient bifurqué, mais ils se baladaient, ils n'étaient pas pressés, ils regardaient les vitrines, Claude ne pouvait pas imaginer que j'étais dans les parages. Je m'étais levée, tout en mettant mes lunettes de soleil, pour qu'on ne voie pas mon regard. Et là, Claude avait fini par me voir, de loin j'avais vu le mouvement de ses lèvres qui disaient : il y a Christine. Et ils étaient partis tout de suite dans la direction opposée au point où je me trouvais. Après cette scène, Pierre en plaisantait, il détournait tout par un humour qui me braquait encore plus, il n'avait pas compris ou il avait refusé de comprendre. Et je me rappelle que je lui avais dit : tu verras si un jour je suis amenée à ne plus parler de toi qu'au passé. Mais il n'était pas sensible à ça.

J'en étais restée au dîner. Au dîner de ce mardi. Je voulais le raconter et puis je ne l'ai pas fait. Il y a beaucoup de choses que je voulais raconter. Il était tellement secoué, il avait des rages de dents, des migraines, des calculs rénaux, il avait mal au dos, mal au ventre. Ça se calmait, c'était la rage de dents qui revenait. Et puis ça se calmait. La colique néphrétique l'obligeait à aller se faire faire une piqûre de morphine à Necker. Il avait fallu faire exploser les calculs rénaux au laser, et un plus petit caillou était passé dans ses urines. Il était ressorti des toilettes avec le caillou. C'est vers ce moment-là qu'il avait fini par franchir le pas de l'analyse. Je me suis donc remise à espérer. On était allés à ce dîner, où les gens faisaient de l'autodérision, en s'appelant « golden-gauche », en rentrant on s'était disputés violemment. J'ai pris l'exemple du dîner mais j'aurais pu prendre n'importe lequel où c'était le comportement des autres qui nous séparait. Lui, il ne disait rien, il était en retrait, il s'ennuyait. Je lui disais : mais tu ne fais rien pour qu'on ne s'ennuie pas, tu respectes les codes. Il en convenait. Il disait : je suis comme ça. Les gens s'appelaient eux-mêmes « golden-gauche ». L'autodérision empêchait qu'on s'y oppose, il ne pouvait plus rien arriver, c'était fini. C'était joué d'avance, surjoué, caricaturé d'avance, c'était autocaricaturé d'avance. Ils avaient pris tous les pouvoirs y compris celui d'opposition qu'ils peaufinaient dans les dîners. La seule chose qui restait à leur reprocher c'était leur humour, or on peut rire de tout, donc c'était vraiment fini. Il n'y avait plus d'air, la bulle s'était refermée sur toute la pièce. Les golden-gauche si drôles parlaient des licenciements dans les banques d'affaires, juste après avoir parlé des « spots de drague ». Des nouveaux spots de drague que l'avocate qui parlait avait trouvés. Vers 19 heures Le Bon Marché, vers 21 heures Virgin. Leur série culte c'était *Ally McBeal*, et surtout *Sex and the City*. Le premier degré avait disparu, on était au énième. On s'ennuyait. Elle rigolait, elle parlait de choses et d'autres, parlait des quartiers, des talons aiguilles comparés aux tennis avec des jupes, comme les New-Yorkaises, et puis elle avait ouvert un chapitre sur les licenciements dans les banques d'affaires. Elle décrivait des banques, elle prenait un air de spécialiste assez préoccupé, disons « concerned » pour rire nous aussi un peu comme eux, « I'm concerned », préoccupé, *concerned*, embêté, mais c'est la réalité, *concerned*, moi qui connais, *concerned* pour initiés, c'était pathétique, j'étais immobile à ne pouvoir rien dire tellement tous ces gens étaient au-delà de la critique. Mais décrivant les banques d'affaires en question. Je ne connaissais pas. Je ne connaissais pas mais j'étais là, je ne disais rien, je n'avais rien dit. J'entendais. J'entendais : telle banque, tel nom, telle banque, qui est une belle banque d'affaires, une très belle banque, telle belle banque, une belle banque. Je n'avais jamais entendu parler d'une belle banque. Une bonne banque à la rigueur. Une banque efficace, le bon sens près de chez vous, la banque qui vous dit oui, celle qui pense à vos vacances. Mais une belle banque, c'était la première fois que j'entendais cette expression. Le mot belle appliqué à banque, la première fois. C'était la première fois que j'entendais parler comme ça. Avec lui pour la première fois je rencontrais des gens dont l'activité principale c'était de faire du fric. Une banque en marbre, une belle banque, pourquoi pas après tout, d'accord, j'essayais de voir les choses comme eux.

Je me disais après tout d'accord, OK, allons-y, écoutons normalement. Je n'en faisais pas un plat, mais je me sentais seule dans des moments comme ça, mais je n'allais pas m'engueuler avec quelqu'un qui disait « une belle banque » dans un dîner, je ne disais rien, je n'avais pas l'intention de dire quoi que ce soit, les gens avaient le droit de vivre, et de parler des belles banques. S'ils étaient *concerned*, préoccupés. Par la question. Si c'était leur vie. Je pourrais citer des tas d'exemples, qui n'ont rien de choquant en soi. Justement, chaque fois qu'on sortait, c'était rien, il ne se passait rien, et il ne se disait rien. C'était comme ça. J'avais juste appris le nom des banques, Lazard frères, SG Warburg, Pierre adorait ces noms. Une certaine Sofia racontait la maison en gâteau qu'avait faite sa mère un jour pour l'anniversaire de sa petite sœur, elle racontait, femme maintenant, talons hauts, maquillage, robe, rire, conversation habituelle, tout, le souvenir qu'elle en avait, l'impression intacte, notamment le moment où sa sœur avait vu le gâteau. Pour attendrir tout le monde par un souvenir de quand elle était petite. Pierre voulait partir parce qu'il avait un papier à écrire. Les autres, alors que tout le monde s'ennuyait, lui disaient : ah non, tu ne vas pas partir maintenant, nous faire le coup du papier à écrire. Une des filles a dit : vas-y c'est sur quoi on te le fait là maintenant ton papier, elle se tourne vers moi pour m'associer aux conseils qu'on va donner à Pierre pour torcher son papier. Elle dit : le contre-pied, commence par le contre-pied. C'est sur quoi, c'est sur Aussaresses, eh bien tu commences par le contre-pied, ça marche toujours.

C'est quoi le contraire de ce que tu veux dire ? Il n'avait pas répondu à la fille (une fille qui s'était présentée en disant qu'on l'invitait dans les dîners parce qu'elle « tutoie le cosmos », les autres avaient dit « ah c'est joli », et pour moi qui ne comprenais pas quelqu'un avait ajouté « tutoyer le cosmos ça veut dire être à l'ouest ». Et les hommes là-dedans, c'était le contraire, ils semblaient tutoyer leurs pieds qui étaient sur terre. Une seule fois j'avais craqué, c'était la semaine où les tours s'étaient écroulées, je ne pouvais plus les entendre, je ne pouvais plus entendre leurs raisonnements qui englobaient tout, sauf la guerre de position qu'ils se livraient sur n'importe quel sujet, là aussi compris d'avance. Tout était vécu, compris d'avance, et il fallait prendre le contre-pied de ce qu'on allait dire ensuite pour donner du relief), comme il n'avait pas répondu à la fille, c'est moi qui lui avais demandé longtemps après. Il n'en avait aucun souvenir, des soirées comme ça il en avait connu des tonnes. Ce qu'il voulait dire c'est qu'il y avait un lobby Algérie française et protection de l'armée française, relayé notamment au *Figaro*, et qu'ils avaient manœuvré pour décrédibiliser le témoignage d'Aussaresses avouant qu'il avait torturé. Commencer par le contre-pied ç'aurait été : tout le monde est content d'apprendre des choses sur la torture, bravo, on tient enfin un tortionnaire qui va témoigner, et en fait c'est plutôt : merde, ils en tiennent un, décrédibilisons-le. J'avais tout de suite enchaîné en disant que c'était exactement comme pour un écrivain, apparemment tout le monde est content, enfin on en tient un, et en fait c'est : merde il y en a un, décrédibilisons-le.

De plus en plus on a donc eu le réflexe de rester à la maison. Un jour je lui ai dit : j'en ai marre qu'on se voie toujours entre ces quatre murs, méfie-toi quand même qu'un jour je ne sorte pas par la fenêtre pour te faire comprendre que vraiment j'ai besoin de sortir, dehors, et avec toi et un peu seuls pas seulement quand il y a des obligations que tu t'imposes. Pour lui rappeler le suicide de la mère de mon père, qui avait sauté par la fenêtre un dimanche après le déjeuner, sous les yeux de son mari et de son fils, le frère de mon père, qui était handicapé, qui avait un fauteuil roulant, et qui venaient d'arriver tous les deux dans la cour, qui l'ont vue s'écraser sous leurs yeux. Mon père n'était pas là ce jour-là, il n'a rien vu, et il a tout fait pour que je me jette un jour par une fenêtre, quand il m'a connue, moi qui avais les mêmes yeux qu'elle. Pendant deux jours et deux nuits, j'avais eu la gorge serrée par cette pensée. Devant Léonore, j'étais courbée en deux, le matin j'étais allée chez l'ostéopathe. J'avais une colopathie, mes intestins étaient durs, mon ventre était dur, mon diaphragme était tendu, il m'avait donné des médicaments à quatre cent cinquante francs la boîte non remboursés sans me demander mon avis, le lendemain je partais à Zurich, un deuxième voyage, il voulait que j'arrête le Lexomil et que je prenne autre chose, des gouttes que je pourrais doser et qui décontractent les muscles plus vite. Je n'avais pas eu le temps, je voulais les prendre le lendemain à l'aéroport. J'avais écrit une pièce et c'était moi qui la jouais, l'actrice n'y arrivait pas, le metteur en scène m'avait dit : il y a un problème d'incarnation, on en discutera, personne d'autre que toi ne peut jouer cette pièce, alors j'y étais allée, en urgence, la veille de la première. La veille, je m'étais serrée contre Pierre dans la nuit. Léonore avait la fête de l'école, il fallait offrir un cadeau à la maîtresse, j'étais allée chez l'ostéopathe, dans le seizième à dix heures et demie, ensuite j'avais rendez-vous avec Mathieu, je lui avais parlé, je lui avais dit que je ne pouvais plus rien supporter y compris la réflexion désagréable d'un type qui m'avait tenu la porte une heure plus tôt dans l'immeuble, une réflexion parce que j'avais oublié de dire merci, mais je n'avais pas vu qu'il me tenait la porte, je ne m'en étais pas rendu compte. Mathieu m'avait dit : tu es sur la ligne de crête, le moindre coup de vent t'abat mais c'est aussi ta force. Et puis il m'avait dit qu'il était en train d'écrire un texte sur moi, que ce matin quand j'avais appelé il était en train de taper sur son ordinateur A.N.G.O.T. C'était la première fois que je m'étais dit : ce nom est à moi. Le soir, on était allés à la Brasserie Lorraine Pierre et moi, place des Ternes. Il faisait très chaud, on s'était installés en terrasse, j'étais descendue aux toilettes, j'étais venue là plusieurs fois du temps de mon père, et plus jamais depuis, aux toilettes il y avait une affiche, la seule de tout le restaurant, *La Fille de Madame Angot* au théâtre Déjazet en janvier. J'avais regardé autour de moi et je l'avais décollée. Le soir je l'avais donnée à Léonore pour sa chambre, elle y est toujours. Mais à part ce jour-là parce que j'avais été très mal, on ne sortait plus. Dès qu'il était au restaurant, il était complètement happé par l'extérieur, il ne pouvait plus du tout se concentrer sur lui-même, ça lui était presque insupportable, il fallait sortir le plus vite possible, il avait besoin de rentrer se terrer. Mais moi il fallait que je sorte, j'avais les angoisses opposées. Cet appartement devenait un tombeau, on n'en sortait jamais. Quand je lui reprochais de ne pas sortir, il me disait : mais moi je me construis avec toi dans cet appartement.

Comme il achetait tous les journaux, un jour, j'avais lu un article dans *Le Point*, c'était une critique d'un roman de Martin Amis. Le journaliste disait : La lecture des romans et des nouvelles de Martin Amis vous défait, vous somme de vous rendre à l'évidence : il n'y a rien entre les êtres. Ou peut-être seulement le désir qu'on a d'ouvrir l'autre pour chercher ce qu'il a et la peur qui pousse à refermer aussitôt. Mais nous, on était acharnés. Pierre était venu me rejoindre à Zurich. La veille, il avait vu Guillaume Durand au sujet de sa nouvelle émission pour la rentrée. C'était le sujet de conversation du moment. Durand avait dit à Pierre : de toute façon, ce qui compte c'est de s'amuser. Pierre, qui est ashkénaze, d'Europe de l'Est, Géorgie, Pologne, pour lui ce n'est pas ce qui compte s'amuser, il avait un rapport au plaisir atrophié. Dans la même conversation à Zurich, je lui avais demandé s'il était content de nos rapports sexuels. Ç'avait été pour l'entendre dire : Oui, mais il faudrait que je me lâche un peu plus. Je lui avais demandé s'il y avait eu des périodes ou des filles avec qui il s'était déjà plus lâché. Mais non, il ne s'était jamais lâché. Il ne s'était jamais laissé complètement aller, il ne se détendait pas, il ne s'abandonnait pas, il restait toujours sur le qui-vive. Alors que les séfarades avaient échappé à tout ça. Les seuls moments où j'avais l'impression de vivre avec un type normal, c'était quand il fumait de l'herbe. Là il se lâchait. Il dansait, on faisait l'amour longtemps. Je disais : tu devrais peut-être fumer plus. C'était à cause de la mémoire qu'il ne voulait pas, il m'avait demandé si je l'avais remarqué qu'il avait des pertes de mémoire. Je l'avais remarqué. Parfois je me disais aussi que c'était la ville qui nous tuait. Un après-midi Sylvie m'avait téléphoné, elle voulait prendre un hôtel en Normandie quelques jours pour que ses enfants et son mari se rendent enfin compte qu'elle souffrait, qu'ils la cherchent chez les flics, qu'ils s'inquiètent. Et parfois Pierre lui-même me disait : il faudrait qu'on se sépare pour qu'on se rende compte à quel point on se manque. Dans les couples, quelque chose m'échappait. Un samedi du mois de mars j'avais été invitée dans une fête chez Emmanuel Carrère qui s'affairait avec une bouteille de champagne, avec sa nouvelle copine qui arrivait comme une bombe pour danser avec une perruque rose sur la tête, elle avait dit à Hélène quasiment la veille : ça fait dix ans que je travaille à être une pierre, je suis trop sensible alors ça fait dix ans que je travaille à être une pierre, mais je n'y arrive pas. Heureusement, lui répondait Hélène. Et l'autre : non je t'assure, je suis vraiment très sensible. J'aimerais beaucoup arriver à être une pierre, une vraie pierre. Je n'avais rien à faire avec tout ça. Tout ce small talk.

C'était peut-être la ville qui nous tuait. Le mélange des classes qui n'existait pas. Les voisins, ça ne fonctionnait pas, quand ça fonctionnait c'était parce qu'ils appartenaient tous au même réseau, dans l'immeuble de Catherine Millet et de Jacques Henric, il y a au même numéro Denis Roche, éditeur, Geneviève Breerette, journaliste au *Monde*, Patrick Kéchichian et Claire Paulhan, journaliste au *Monde*, et éditrice, petite-fille de Jean Paulhan. Dans l'immeuble de Rivette, il y a Jean-Luc Godard avec Anne-Marie Miéville, Jacques Rancière et je ne sais plus qui. Nous, au deuxième, on avait les Chaumont, au troisième on avait des avocats et au premier on avait des experts-comptables, en dessous on avait la propriétaire, jamais on ne les voyait, ça manquait de voir des gens, de croiser des gens. On habitait à la frontière du huitième et du dix-septième, c'était la bourgeoisie de droite, il y avait deux homosexuels dans l'immeuble à côté, qui promenaient leur chien, il y en avait un qui avait un duffle-coat Hermès, on ne se disait jamais bonjour, c'était ça le style, le style des gens là où on habitait. À Paris les gens se définissaient par leur style, et non par ce qu'ils étaient, il n'y a rien de plus trompeur dans les grandes villes. Weitzmann disait que c'étaient les places à prendre qui donnaient cette ambiance bizarre. C'était peut-être toute la ville qui était déçue. Tous ces gens qui sont venus de province en espérant qu'à Paris ils allaient être plus libres et qui se retrouvent dans des tout petits appartements, avec à peine assez de place pour tourner autour du lit. À chaque fois que je lui disais qu'on avait une vie sans plaisir, Pierre n'arrêtait pas de me dire : est-ce que tu es consciente que je travaille ? Tu veux que je démissionne, tu veux que je demande un boulot à la mairie du huitième ? Parfois sortir nous faisait du bien, on avait dîné chez Catherine Millet et Jacques Henric. Vers la fin du repas, je crois qu'il était en train de faire le café, Jacques Henric me demande si je prépare un livre en ce moment. J'ai expliqué. Rien ne m'intéresse plus. Tout me tombe des mains. J'ai dit que ça durait depuis un an et demi. Catherine avait dit : mais qu'est-ce que c'est un an et demi, c'est rien. Elle pensait à des peintres à qui c'était arrivé pendant de très très longues années. Elle avait parlé de Sima, pour qui ça avait duré dix ans. Elle a dit : d'ailleurs on n'a pas d'explications sur comment ils ont vécu ça. Jacques avait entendu dire que Pierre Jean Jouve était un peu responsable, mais comment et pourquoi ? Après dix ans, Sima avait repris, mais il avait été oublié entre-temps. Il n'était pas question que je reste comme ça dix ans. Les dîners commençaient vers neuf heures neuf heures et demie, jamais avant, et se terminaient tôt. On ne traînait pas. Un jour, il y a une vingtaine d'années, je n'avais encore rien écrit, j'étais dans un dîner. Un étudiant vétérinaire parlait de la psychanalyse pour la dézinguer, et moi je venais de commencer. J'avais comme d'habitude, l'intention de ne rien dire. Mais le type insiste, comme la fille des belles banques, pareil, alors je dis, je n'avais encore rien écrit et je n'avais dit à personne que je faisais une analyse, à l'époque on le cachait, à l'époque en entrant on regardait si on vous voyait. Je lui ai dit que j'en avais commencé une la semaine dernière, le type m'avait dit : si tu as besoin de ça c'est que tu t'en sortiras jamais. Je lui avais répondu : tu as déjà couché avec ta mère ? Il me dit non, pourquoi ? L'ambiance se refroidissait. Alors j'ai dit : c'est pour ça alors que tu ne comprends pas, parce que moi, oui, j'ai couché avec mon père. Quand on me dit que je parle toujours de ça, admettons, mais de quoi parlent les autres ? Qu'est-ce qu'ils disent exactement ? C'était une fondue savoyarde, ça s'est terminé en pleurs, l'ambiance était cassée, ça c'est sûr. Donc moi ça faisait longtemps, que c'était comme ça, et que j'étais fatiguée, que tout ça me pesait, tout ce toc, et pour contrer tout ça je n'avais toujours pas de parade, c'est-à-dire je ne savais toujours pas comment faire, je n'avais rien trouvé, je n'avais toujours pas d'organisation, d'une manière générale et bien concrète, toujours pas de baby-sitter pour Léonore par exemple, rien. Aucun soutien extérieur fiable. Je n'y arrivais plus, donc la tension s'accumulait de plus en plus. Je ne m'en sortais pas, et on ne s'en sortait pas. C'était la ville qui nous tuait, ou nos névroses respectives, je ne savais pas et peu importe. Ça n'avait plus aucune importance. Le résultat était là. On ne s'en sortait pas, on se heurtait à des murs. Voilà ce que je me disais, et forcément on ne s'en sort pas. On ne s'en sortait pas. On se déchirait. Mais je savais qu'on s'en sortirait. Je savais que dès que j'aurais fini le livre on s'en sortirait. Laurent me l'avait dit. Il m'avait dit : quand le livre sortira ça calmera une grande partie de son angoisse, forcément. J'avais commencé à écrire presque tout de suite après notre rencontre, j'avais commencé le lendemain d'Ardisson. À écrire et à ne pas y arriver. Et donc la tension avait tout de suite monté, très haut, et pour ne plus redescendre puisque je n'y étais toujours pas arrivée. Comme je n'y arrivais pas, que pendant des mois j'effaçais tout ce que je faisais, la tension n'avait pas cessé de monter, de monter de plus en plus. Pour nous envahir tout à fait, et là elle était à son comble, la question se posait tous les jours, de savoir si on devait se quitter ou pas, et en même temps, elle ne se posait pas. Je n'avais jamais vécu une relation comme celle-là. Depuis Paris je ne m'habillais plus, je n'avais plus envie, j'avais vingt pour cent chez Yamamoto maintenant, je n'en profitais pas, je pouvais aller leur emprunter des vêtements au bureau de presse, je n'y étais jamais allée. Je n'y suis jamais allée et je pense que je n'irai jamais, je n'aimerais pas porter des vêtements que j'ai empruntés et que je dois rendre. Je n'avais pas envie de vivre comme ça. Je n'étais pas comme ça. La concierge nous disait juste bonjour poliment, jamais rien de personnel, il n'y avait jamais rien d'intime. J'avais l'impression d'être revenue trente ans en arrière à Châteauroux, quand les classes sociales étaient étanches. Ou à Reims, retournée à Reims. Au point qu'un jour j'avais appelé Pierre sur son portable, et je l'avais vouvoyé en laissant mon message, je lui demandais un service et après j'avais terminé par : je ne sais pas si vous pouvez. De son côté, lui, dans son analyse, il avait trouvé, alors qu'il l'avait oublié, que jusqu'à l'âge de neuf ans il n'avait pas eu de chambre à lui, de chambre d'enfant, un souvenir qu'il avait refoulé et qui était ressorti en séance, c'était la perte de mémoire qui le surprenait plus que le fait en lui-même, dont le sens lui échappait encore à l'époque. Mais ça expliquait que quand on a visité l'appartement il s'était mis à flasher sur une toute petite pièce à l'écart, qui aurait pu faire salle à manger mais qui était devenue sa chambre quand il travaillait tard, et que trop souvent on dormait séparés. Il fallait attendre le soir suivant pour se retrouver, car il avait des réveils difficiles, si j'avais le malheur de dire un mot, de lui reprocher un manque de gaieté, il me disait : tu voulais le même en séfarade, fais construire. Les Séfarades, le dernier traumatisme qu'ils ont eu c'est d'avoir été expulsés d'Espagne au quinzième siècle, ils ont eu le temps de se remettre. Nos conversations c'était ça, ou : dis-moi. Je ne sais pas. Si, dis-moi. Un jour, rue Descartes, je lui disais dis-moi comme d'habitude, mais je n'attendais rien de particulier. C'était début décembre, on venait de décider de vivre ensemble. On s'apprêtait à chercher un appartement. On faisait l'amour, j'étais sur lui, au-dessus, je lui disais : dis-moi, et là il m'avait répondu, il m'a dit : quoi ? Quoi ? Et puis il m'a répondu. Alors que je ne m'y attendais pas. Moi : dis-moi. Et lui : je t'aime, puisqu'il faut le dire. Et j'avais joui tout de suite. Un jour au petit déjeuner, c'était au début, en janvier, Léonore lui avait dit : est-ce que tu as un enfant ? Il avait tourné les talons, il était allé jusqu'à l'autre bout du couloir en disant : quelle étrange question !

Il y a eu des dizaines d'explosions. Un matin, c'était l'été, on était à Ventabren. La veille on était en crise, on était allés se promener sur la route à l'écart du village, et j'avais hurlé, c'était la nuit, on avait l'impression d'être seuls dans la vallée : JE TE QUITTE. Sa seule parade c'était l'humour, il avait dit : oui à quelle heure ? Il y avait une vipère sur la route, ça m'avait laissée imperturbable. Je l'avais laissé en arrière, et j'avais raconté à Laurent en essayant de lui expliquer d'où était partie la crise, c'était quasiment impossible. Je me rappelais juste qu'en pleine nuit, alors qu'il occupait une bonne moitié du lit, moi je ne dormais pas, il s'était dressé sur le lit, il s'était assis, en me disant : allume la lumière, je veux que tu voies. Regarde. Je dors sur quinze centimètres. Ce qui était faux, il en avait la preuve sous les yeux. Avec la preuve contraire sous les yeux, il me disait qu'il dormait sur quinze centimètres et que moi je m'étalais. Je n'avais rien dit, je m'étais levée, et j'étais allée pleurer tout le reste de la nuit sur le canapé. Vers cinq heures du matin j'étais retournée dans le lit, il m'avait enlacée vers sept heures quand il s'était réveillé, je l'avais repoussé. On s'était levés indépendamment, on avait pris nos petits déjeuners indépendamment. J'avais parlé avec Laurent, Pierre était parti acheter les journaux et il était au café en train de les lire. J'étais allée le voir. J'avais mon short en jean noir et mon chemisier bleu clair. Il m'a vue tout de suite, arriver vers lui. Il me regardait. Je me suis assise. Il m'a dit : tu as besoin de quelque chose ? Je lui ai dit : non. Il m'a dit : tu viens me voir ? Je lui ai dit : oui. Et je lui ai parlé de Michel Foucault, le souci de soi. Je lui ai dit : toi, pour que tu arrives à te soucier de toi, il faut que tu sois seul. Si tu te soucies de quelqu'un d'autre, tu ne te soucies plus du tout de toi, donc tu exploses au bout de deux jours, ou même d'un jour. Je lui ai dit : écoute, on va se parler. On va se toucher le plus souvent possible. On va acheter un plus grand lit, et on pourra dormir ensemble tous les jours. Je vais acheter une nouvelle couette dans laquelle on ne transpirera pas. À la rentrée tu vas faire un check-up pour essayer d'arrêter de fumer, je voudrais que tu fasses attention, il faut que tu fasses des prises de sang, tu as une alimentation anarchique, tu dois avoir du cholestérol. Regarde comme on est bien, regarde comme on est faits l'un pour l'autre, ça c'était le soir, le lendemain, et tous les jours qui ont suivi, jusqu'à aujourd'hui, ça fait quatre jours, depuis quatre jours il n'y a pas eu UN orage. On est bien. On est heureux. On s'aime. Je suis amoureuse. Je ne peux pas imaginer qu'un jour tout ça puisse s'arrêter. Je suis tellement amoureuse, c'est tellement bon. Hier soir il m'a énervée, ce n'est pas grave. Il a recommencé de travailler, la pression va reprendre. Il va falloir être vigilant, c'est tout. Quand je pense à la même époque il y a un an, j'étais seule, je n'avais rien à l'horizon, à part *Quitter la ville* qui allait sortir, c'était ma seule perspective. Là je n'avais pas de livre qui sortait, ça me faisait du bien. J'avais été bien toute la journée. Dans l'avion du retour j'avais pris une décision, pour que le contact ne s'arrête pas, pour que les crises ne reviennent plus jamais, j'étais épuisée, j'avais pris la décision de lui écrire, pour que le lien ne se rompe plus jamais.

Pierre,

Je crois que ça fait des années que je te cherche. Je commence juste à profiter du bonheur de t'avoir rencontré. Tu ne pourras jamais imaginer comment j'étais l'année dernière à la même époque. Jamais. Depuis quatre jours, tu as vu comme je suis amoureuse de toi, c'est bon, mais je me sens indigne de toi, j'ai peur que tu me quittes, imagine, tout d'un coup si tu tombes amoureux de quelqu'un d'autre, mais je crève. En même temps j'ai tellement l'impression d'avoir mérité ce bonheur. Quel bonheur d'être derrière toi sur le scooter par exemple tu vois, comme hier. Surtout l'été. Je ne sais pas ce que ça veut dire aimer, mais je t'aime je crois. J'aime ta chair, j'aime l'élasticité de ta chair. J'aime ton ventre, ta chair. La texture, tu vois, je la sens. Il y a une élasticité, une texture de ta chair bien particulière, bien à toi. Marie-Christine j'aimais son odeur, Claude j'aimais sa chaleur, Hervé j'aimais son dos, ses fesses, ses jambes, le coup d'œil, toi j'aime ta chair. Et la chair, c'est vraiment ce qu'il y a de plus important. Ce matin avant de partir, merci d'avoir appelé le notaire à ma place pour la succession de mon père.

Je t'aime Pierre.

Ce qu'il faut que je te dise aussi, Pierre, je ne sais pas si j'ai raison de te le dire. C'est que, hier, quand on a fait l'amour, en début d'après-midi, dans la chambre, je t'ai dit à un moment : je t'aime Pierre. Et à ce moment-là je me suis dit : comment je peux faire ? Je me suis demandé si tu y avais pensé aussi. Je t'aime Pierre, tu comprends ce que je veux dire. Je me suis dit : est-ce que c'est bien à lui, à lui, Pierre, Pierre Louis, Pierre Louis Rozynès, que je suis en train de dire que je l'aime ? Et à mesure que je rajoutais des noms à ton nom, ça ne s'arrangeait pas. Je me disais : Pierre. Je me disais : Pierre Louis c'est juste pour différencier, c'est peut-être artificiel. Et je me suis dit, au moment où j'ai ajouté Rozynès, je me suis dit : qu'est-ce que ça arrange ? Ça n'arrange rien. Je me suis dit. Pierre. Louis, le nom qu'il s'est donné pour différencier. Rozynès, Schwartz, ou en tout cas juif, mon grand-père, ma mère, moi. Je me suis dit : tu es en train de dire à ton père que tu l'aimes, c'est nul, c'est comme ça, qu'est-ce que tu veux, j'ai pensé ça. Pierre chéri, c'est toi, tu sais, Pierre chéri. Quand je dis Pierre chéri, alors ça tu peux être sûr que c'est toi. J'ai toujours rêvé de rencontrer quelqu'un qui s'appelait Pierre, c'est inespéré. Tu es une rencontre inespérée Pierre. J'ai l'impression que je pourrais t'écrire des heures Pierre.

J'ai chaud. Je suis dans ton bureau, je tape sur ton ordinateur, à cause du logiciel dans le mien qui n'est pas assez puissant, bref, tu vas rentrer tout à l'heure et tu vas faire les manipulations nécessaires. Tout à l'heure, quand je t'ai appelé au bureau, qu'est-ce que j'aime ta voix.

Je t'aime.

Christine

Mardi 31 juillet 2001

Pierre,

Pierre, j'ai l'impression qu'il y a des années, des dizaines d'années, que je m'étais refusé le plaisir de dire : je t'aime, mon chéri, etc., des dizaines d'années. Jusqu'à hier. Quand tu as lu la lettre hier, et que tu m'as rejointe dans la chambre, après, tu t'es allongé en travers du lit, j'ai eu l'impression, mais je n'ai pas osé te demander, j'ai eu l'impression que tu avais les larmes aux yeux. Peut-être que tu me le diras, ce soir quand tu liras celle-là. Pierre, au fond de moi-même, je suis sûre qu'un jour on va se séparer. J'ai peur. Je voudrais rester avec toi. Je me demande même si j'ai déjà aimé. Alors que je sais très bien que j'ai déjà aimé. J'ai l'impression que je t'aime, toi, vraiment. Il y a tout avec toi. Et puis tu me plais, tu as la taille qui me plaît, un mètre soixante-quinze. J'adore que tu ne sois pas très grand. J'adore ça. Les cheveux très noirs, c'est simple, c'est, et ça a toujours été, de loin ma préférence, une fascination même. Je comprends ton corps. Je comprends tout.

Tu sais je suis dans la même hâte que quand on écrit des vraies lettres qui vont partir par la poste, c'est-à-dire que j'ai hâte que tu rentres ce soir. Tu m'as dit que tu n'allais pas rentrer trop tard. Je suis tellement pressée que tu entendes tout ça. Je t'aime. Mais est-ce qu'il faut le dire ? Pierre, je ne sais plus, j'ai envie d'arrêter. J'ai peur que ça me porte malheur de dire que je t'aime. Et puis à qui je parle ? Pourquoi c'est toi ? Je ne comprends pas. Dis-moi. Dis-moi. Dis-moi ce que c'est.

Je t'aime.

Christine.

À Montpellier, on s'était arrêtés dans la rue. Il y avait des garçons arabes qui dansaient. Il y avait un attroupement, on était tous fascinés par le mouvement de leurs hanches. Le mouvement des hanches, je pensais à toute cette zone-là, entre nous, comment elle marchait la zone de nos hanches. Cet été-là c'était vraiment bien qu'il n'ait pas pris assez de caleçons, et que vers la moitié des vacances il se soit retrouvé nu sous son pantalon. J'avais adoré ça. On avait encore plein de choses à faire. Il voulait qu'on ait un point de chute dans le Sud, pour quitter Paris le plus souvent possible. On s'était dit qu'on irait à Beyrouth, à Assouan, à Londres, on devait aller à Berlin aussi, à Vienne, il y avait des projets. Je parlais du Japon, je voulais poser ma candidature à la Villa Kujoyama, je voulais qu'il me rejoigne. On allait partir au Canada aussi quelques jours plus tard.

Une nuit, il faisait chaud, on dormait sur la couette, avec les fenêtres ouvertes, et tout à coup en pleine nuit il m'avait réveillée, il m'avait appelée : Christine, Christine. Je me disais que je rêvais, il ne pouvait pas être en train de me réveiller. Si, il me réveillait. Pour me montrer qu'il dormait sur quinze centimètres et que j'étais collée contre lui, encore. J'avais dû reprendre des comprimés pour me rendormir. Le lendemain, j'étais fatiguée, mais détendue, j'étais bien. J'avais écrit, le matin, j'avais eu Jean-Marc au téléphone, puis Damien. J'avais pris rendez-vous chez l'esthéticienne pour l'après-midi. C'était une fille d'origine portugaise qui s'appelait Maria, elle avait vingt-cinq ans à peu près. Elle posait toutes les questions rituelles : vous êtes partie en vacances, vous partez, vous allez où, ça va vous faire du bien. En sortant, j'étais dans la rue du Rocher, il faisait très chaud, les gens se plaignaient de la chaleur. Moi non, j'avais trop souffert du froid et de la pluie la saison dernière. J'étais entrée dans un magasin pour connaître le prix des futons, pour faire dormir des copines de Léonore, j'espérais qu'elle s'en ferait au cours de l'année qui viendraient dormir. Mon téléphone portable avait sonné, j'étais sortie de la boutique. C'était Pierre. Il venait de rentrer. Il m'avait dit : tu es où ? Je lui avais dit : rue du Rocher. Qu'est-ce que tu fais, tu veux qu'on aille boire un verre rue de Lévis, ou tu veux que je rentre ? Il m'avait dit : rentre. J'avais mis Helen Merrill. J'avais 42 ans, et je ne savais pas du tout ce qui allait se passer, combien de temps on allait rester ensemble ou quand on se quitterait, si l'un de nous allait mourir, si on aurait encore des crises, etc. La seule chose que je savais c'était qu'on partait le lendemain au Canada. Je n'arrivais à être sûre de rien au-delà, et ça commençait à me peser. J'avais besoin d'avoir un horizon fixe.

Il avait un appareil photo numérique, je ne m'en étais jamais servie, mais j'ai voulu faire cette photo, de lui sur le parquet, après avoir fait l'amour, je trouvais l'appartement très beau ce soir-là, la lumière magnifique, le parquet doré, on avait tout éteint, les lumières venaient d'une autre pièce et de la rue, de la lune. Je ne voulais pas laisser passer ça. Mais je me souviens avoir pensé : je ne sais pas comment je ferai quand je regarderai ces photos si l'histoire s'arrête. Ce n'était pas la peine de ternir le moment qu'on était en train de vivre. Le lendemain on était à Montréal, dans l'avion à l'aller on avait été surclassés parce que quelqu'un d'Air Canada m'avait reconnue au départ à Roissy.

On était donc en classe affaires, allongés. À côté de nous il y avait Laurent Boyer, l'animateur de *Fréquenstar*. Quand je suis allée aux toilettes, il était dans le couloir, il m'a dit en me montrant le cockpit : c'est par là si vous voulez les agresser. J'avais une réputation de terroriste. Il m'a dit : vous écrivez tout le temps, je vous ai vue. Parce que quelques minutes plus tôt, Pierre dormait, et je notais sur un bloc : à côté de moi, la bouche ouverte et le casque sur les oreilles, le bras droit derrière la tête, la main gauche, avec la montre, le bracelet noir avec la fermeture dorée, sur l'accoudoir, la main retombe, une femme s'est retournée, elle voit que j'écris, il a tourné la tête. À Montréal il allait se balader tous les matins trois heures. Tout semblait aller bien. J'avais envie qu'il n'arrive plus rien, j'en avais marre, il arrivait toujours quelque chose, et alors il fallait que je l'écrive, j'étais piégée. Je n'avais jamais pu gagner ma vie autrement. Et pourtant maintenant que j'étais sur des rails il ne m'arriverait plus rien, je pensais à tout ça en buvant mon thé, j'avais dû rester deux heures dans la salle du petit déjeuner ce matin-là. Puis j'étais restée une demi-heure de plus à traîner sur le chemin de retour qui menait à ma chambre, je m'étais assise sur un fauteuil dans le couloir pour noter quelque chose. J'avais laissé Pierre dormir. Je suis incapable de réveiller quelqu'un qui dort. Quand j'ai ouvert la porte, il était réveillé, il avait ouvert les rideaux, et il était en train de téléphoner, d'organiser sa journée ou sa matinée avec Fabrice pour visiter Montréal. Parce que Fabrice était venu avec nous, il n'avait pas supposé que ça pouvait nous gêner. Ils étaient donc ensemble au téléphone, en train d'organiser leur journée. Ç'aurait pu n'avoir aucune importance, mais il s'était passé quelque chose la veille qu'il a toujours sous-estimé, et nié. Il m'avait violée. Je faisais la sieste, j'étais épuisée par le décalage horaire, je récupérais un peu. On peut se violer dans un couple. Il m'a réveillée en me caressant, en m'embrassant, en me déshabillant, alors que j'étais complètement ensommeillée. Il savait que j'étais épuisée et que j'avais besoin de dormir. Je lui disais non, dans l'état pâteux dans lequel j'étais. Mais il a dû penser que ça faisait partie du jeu, et il a continué, il bandait, il n'a eu de cesse de me toucher jusqu'à ce qu'il m'ait assise sur lui. Il m'a réveillée complètement en me touchant les seins, il m'a fait jouir, il a joui, après il a fumé en se mettant sur le fauteuil près de la fenêtre. Je lui ai dit : tu sais que tu m'as violée. Il m'a répondu que j'exagérais peut-être un petit peu. Il n'avait pas l'intention d'en parler, apparemment ça ne méritait aucun commentaire. La soirée a commencé, on est allés au cinéma, puis on est allés dîner, j'ai essayé d'en reparler. Il n'avait toujours rien à en dire. Et c'est à ce moment-là sans doute que quelque chose de plus a lâché. Le lendemain matin en prenant mon petit déjeuner, je n'étais pas bien, j'étais contente d'être seule devant mon thé, et c'était pour ça que je m'éternisais dans la salle du petit déjeuner puis dans le couloir. Quand j'ai vu qu'il était en train d'organiser sa matinée avec Fabrice, ça a lâché encore, d'un cran de plus. Mais à cette heure-là de la journée j'étais encore incapable de dire ce qui était en train de se passer en moi exactement. Donc je ne disais rien, c'était trop vague. Il s'apprêtait à sortir. À ce moment-là je me suis mise à pleurer. Ça l'a attendri, il m'a demandé ce qui se passait. Je n'ai pas pu le dire, je ne savais pas. Il est parti, je suis allée à la piscine et là j'ai commencé à me sentir de plus en plus mal. Je ressentais un ennui comme ça ne m'était plus arrivé depuis des années et des années. Je me demandais comment ça allait se passer quand il allait rentrer, que j'allais le voir ouvrir cette porte vitrée et s'approcher de moi. Je lisais *Le Bûcher des vanités*, je le guettais, au bout de presque quatre heures, je l'ai vu qui approchait. Enfin. Il était souriant, il m'a dit : tu veux venir au port avec nous ? Il continuait d'avoir un emploi du temps serré auquel je pouvais me joindre si je voulais. J'ai dit : non je ne viens pas au port. Il m'a dit : tu es sûre ? Tu voulais y aller tout à l'heure. À ce moment-là j'ai vu Fabrice qui s'approchait aussi, qui venait aussi, qui était là aussi, qui venait me parler. On n'avait plus aucune intimité. Pierre m'a dit : tu es sûre que tu ne veux pas venir ? J'ai dit : non je n'en suis pas capable. En quelques minutes l'angoisse qui montait depuis la veille avait encore augmenté. Ensuite ç'a été l'escalade. Fabrice a dit : tu es bien là, au soleil. J'ai dit : je m'ennuie. Pierre s'était éclipsé. Fabrice a dit : partez plus tôt, moi je rentre lundi, je le savais que dix jours à Montréal c'était trop, je le savais que c'était jusqu'à lundi la bonne durée. Ou partez à New York en voiture c'est six heures de route, ou cinquante minutes d'avion. Il m'a dit : cet après-midi tu voudras qu'on aille à la salle de sport ? Tu l'as vue, elle est bien ? Lui il avait un autre hôtel, le Novotel, qui était moins bien que le nôtre, mais qu'il avait pris exprès à deux pas. Quand il a eu l'idée de venir, il ne trouvait pas de vol à un bon tarif au début, c'est Pierre qui a téléphoné à son agence pour voir s'ils trouvaient mieux. Et c'est ça qui a décidé de son départ, puisque l'agence de Pierre mettait plusieurs vols à l'avance de côté. Je lui ai dit que je ne m'intéressais à rien, que je n'avais envie de rien. Ni d'aller au port, ni d'être là, ni d'aller à la salle de sport. Il m'a dit : alors il faut rentrer. Rentrez le même jour que moi si vous voulez. Il s'est éloigné. Je suis restée un peu sur mon transat, et comme je me sentais vraiment de plus en plus mal, je ne pouvais pas rester en public, je ne savais même pas où Pierre avait disparu, je ne le voyais plus, j'ai quitté la piscine pour aller dans ma chambre, et sur le chemin je suis passée devant eux, ils étaient assis dans le couloir face à une vitre qui les séparait de la piscine, je leur ai dit : qu'est-ce que vous faites ? Je pouvais encore parler, mais je sentais qu'il allait falloir que j'éclate en sanglots bientôt, que je ne pourrais pas réprimer, l'angoisse était en train de monter sérieusement, il faudrait que je sois vite dans la chambre. Pierre a dit : on regarde les gens marcher. Je n'ai rien répondu, je ne m'étais pas arrêtée. J'ai avancé, j'ai entendu du bruit derrière moi, des pas, on m'appelait, c'était Pierre, je me suis retournée, au bout d'un moment. Il m'a dit : viens. J'ai continué. Il est arrivé à ma hauteur. Je lui ai dit : je n'ai rien à te dire. Il m'a tout de même suivie jusqu'à la chambre. Où je me suis écroulée en pleurs. Et là il s'est déchaîné. Il m'a traitée de nazie, il m'a dit que si Goebbels m'avait eue comme assistante, ses plans auraient sans doute abouti, il l'a répété plusieurs fois. Il m'a dit que je lui pourrissais la vie. Que j'étais folle. Qu'il en avait sous les yeux la preuve manifeste, éclatante, que cette fois il en était sûr, définitivement, certain, que lui n'avait rien à voir dans tous ces états, qu'il en était convaincu cette fois, que je lui en donnais là la preuve. Que je finirais seule. Que ce n'était pas la peine de faire quinze ans d'analyse pour en arriver là et que je ne m'en sortirais jamais. (Je n'avais pas fait quinze ans d'analyse, il se fichait de la vérité.) Que j'étais folle à lier, que j'étais pitoyable. Que lui il n'arrêtait pas de se remettre en question et moi rien, alors que ça aurait été plus que nécessaire, qu'il avait été bien bête.

Je lui ai dit que je voulais rentrer, que je ne voulais pas rester avec quelqu'un qui me détestait autant, dans une ville de l'autre côté de l'Atlantique où j'étais venue exprès pour être avec lui, mais seule avec lui, et qu'il le savait très bien que le travail n'avait été qu'une occasion de partir, la preuve c'est que j'avais mis tous mes rendez-vous sur un jour, pour quelqu'un qui ne m'aimait pas. Que j'étais un prétexte à régler les problèmes qu'il avait avec la hiérarchie et le pouvoir, qu'il était pris dans le pouvoir, dans les relations de pouvoir, et que j'en avais marre, que je n'avais plus aucune raison de m'imposer ça et que j'allais rentrer le soir même. Il m'a dit : tu sais que si tu fais ça c'est tout qui s'arrête. Fais-le si tu veux mais prends tes responsabilités. Je lui ai dit que de toute façon tout ça avait été une erreur et qu'il fallait arrêter. Je lui ai redit que j'étais venue à Montréal pour lui, pour être avec lui, mais qu'il me fuyait. Il est parti en disant qu'il ne supportait pas une telle mauvaise foi, que s'il trouvait la formule chimique de ma mauvaise foi il pourrait écraser le monde avec, il ferait fortune tellement elle est unique et puissante. Je lui avais dit aussi, et c'est là qu'il est sorti en claquant la porte derrière lui, que je m'étais ennuyée la veille, pendant la soirée avec lui, je savais que par cette phrase je portais le coup final. Il est parti, en claquant la porte, et en me laissant dans un état, effectivement, pitoyable. Une dose de violence incroyable avait été libérée, là, en l'espace de quelques minutes. Je n'allais pas le revoir pendant encore quatre bonnes heures, et à ce moment-là je me disais peut-être plus jamais. Car j'avais l'intention de prendre l'avion avant qu'il envisage de revenir, c'était l'enfer, je n'en pouvais plus. J'accusais tous les chocs, tous, je n'avais aucune latitude. Mais j'ai d'abord cherché à me calmer. J'ai voulu sortir visiter l'exposition *Picasso érotique*, j'ai pris ma douche, je me suis habillée, je suis sortie mais au bout de cinquante mètres j'ai failli me faire renverser par une voiture. J'ai fait demi-tour, j'ai pleuré à l'hôtel dans ma chambre tout l'après-midi. Ce n'était pas son genre de rester si longtemps absent après des phrases violentes, en général il revenait plus vite, on avait peut-être passé un cap, cette fois c'était peut-être l'estocade finale. La fin, la vraie fin. Tout à coup j'ai décidé d'appeler Air Canada pour rentrer par le vol de dix-neuf heures trente, j'ai préparé mon sac, j'ai téléphoné, Air Canada m'a mise en attente, et cette attente était longue, longue, si longue que j'allais raccrocher si ça continuait encore. J'étais à bout à force d'entendre leur petite musique dans l'état où j'étais. Mais en même temps ça me reposait, je ne faisais pas de plans d'évasion pendant ce temps-là, j'étais prête à les faire mais ils étaient arrêtés d'eux-mêmes. Et puis au bout d'un moment c'est vraiment devenu trop long. Je me suis vue là sur mon lit, je me faisais pitié. J'étais là au bout du fil, et comme à chaque fois que je suis à bout, j'ai fini par dire : Maman, Maman, Maman. Et puis : Maman, Maman, Maman, je t'aime. Et je pensais à tout ce que cela signifiait. Ce que je disais à la musique d'Air Canada, tout ce que ça essayait de rattraper. Et puis j'ai raccroché. J'ai pleuré encore un moment comme ça sur le lit. Et puis je suis allée écrire, c'était la seule solution. Comme toujours. Je n'en avais toujours pas trouvé d'autre, quel constat. Quand il est rentré, j'étais à la machine. Il devait bien se douter de ce que j'étais en train d'écrire. Il employait souvent l'expression une épée de Damoclès accrochée au-dessus de nos têtes. Il supportait de moins en moins. Un jour il m'a dit dans un moment de crise : je vais écrire moi aussi ma version. Je n'ai pas dit un mot quand il est rentré. Il s'est allongé, il ne disait rien, et puis par moments il s'endormait. Ensuite je ne sais plus comment ça s'est enclenché. J'ai arrêté. J'ai fermé l'ordinateur. Je ne sais plus comment ça s'est enchaîné. J'ai dû lui rappeler qu'il m'avait traitée de nazie, de Goebbels, et de révisionniste, parce que c'était ça qui m'avait le plus choquée. Il m'a dit qu'il était prêt à le répéter, que je ne voulais pas entendre la vérité, ou quelque chose comme ça. On avait un quart d'heure ou une demi-heure d'insultes derrière nous, on avait les nerfs à bout, complètement, ça lâchait de plus en plus, ça lâchait complètement, de partout, et de part et d'autre, aucun de nous deux n'était épargné, il n'y en avait pas un pour racheter l'autre dans ces moments-là, l'un entraînait l'autre dans sa chute, on était au maximum de tension. Avec un air de dégoût, il m'a dit que j'avais un visage haineux, en me regardant il avait l'air horrifié. Il m'a redit que j'étais folle, folle à lier, et que depuis aujourd'hui il en avait la confirmation absolue. Qu'il était bel et bien pris au piège. Il disait : mais pourquoi je me suis foutu dans ce merdier ? Il se parlait comme à lui-même, et il a dit aussi : tout le monde m'avait pourtant prévenu. Pourquoi est-ce qu'il allait jusque-là ? Pourquoi il me disait des choses aussi horribles ? Je haletais. Tout le monde m'avait pourtant prévenu, c'était horrible de me dire ça, il se rangeait avec les autres, ce n'était pas possible. Pourquoi est-ce qu'il se mettait tout d'un coup du côté des autres ? Il me sommait d'arrêter immédiatement mes cris. Des pleurs, c'étaient des pleurs. Il confondait les pleurs et les cris. Et c'était sur les cris qu'il se fondait pour me traiter de nazie. Et pour dire qu'il avait la confirmation que c'était moi la folle, il ne cessait de le répéter. Et pas lui. Ça le soulageait apparemment. Il n'y avait qu'à voir mon état actuel, mon visage haineux, il disait qu'il faudrait me filmer, pour me repasser la cassette après, pour que je comprenne. Et pour que j'en convienne. Et que là alors j'arrêterais de nier. Je lui ai dit que je n'étais pas folle. Il a dit avec une rage hallucinante qu'en tout cas lui, il n'était pas fou, et qu'il ne criait pas, lui. Et là c'est parti, là j'ai monté d'un cran, j'ai dit : en tout cas hier tu m'as violée. Je l'ai hurlé. Parce que ça datait de la veille et que je l'avais trop retenu. Alors il est sorti de ses gonds comme une furie, il s'est levé, d'un bond, il a été plus rapide que l'éclair, je n'ai pas eu le temps d'esquiver, pas le temps de réagir, il s'est jeté sur moi, il m'a empoigné les épaules, le cou, il me faisait mal, mais surtout il a planté ses ongles sur mon œil droit, il me faisait horriblement mal, je lui disais : arrête, tu me fais mal, je t'en prie. Puis tout d'un coup il a stoppé en disant : tu saignes, tu saignes, attends je vais chercher quelque chose pour nettoyer. J'en ai profité pour lui dire de surtout ne plus me toucher, ne plus poser la main sur moi. Je suis allée voir dans la salle de bains, j'avais l'œil qui saignait. J'ai essuyé, j'avais du mal à respirer, je haletais, je ruisselais de larmes. Je suis allée m'asseoir sur le lit, je savais qu'il ne me toucherait plus. Je me sentais déjà un peu plus en sécurité. Malgré tout. Il a voulu me toucher, pour regarder, pour me calmer, j'ai repoussé en hurlant toutes ses tentatives. Et je lui ai dit que plus jamais de ma vie je ne voulais le voir me toucher, et que jamais, jamais, jamais, je ne lui pardonnerais de m'avoir traitée de Goebbels, de nazie, et de révisionniste. Il m'a dit : pourtant c'est ce que tu es.

On n'en pouvait plus ni l'un ni l'autre. Je suis partie téléphoner à Manon, que je connaissais à peine, pour lui dire que j'allais partir, que je ne pourrais pas finir le travail avec elle, que j'allais chercher un avion pour le soir même ou demain au plus tard. Elle était chez elle. Elle m'a dit : est-ce que vous voulez que je passe ? Je peux être là dans une demi-heure. Je lui ai dit que j'étais dans un drôle d'état. Elle m'a dit qu'elle s'en était rendu compte à ma voix et que ça lui arrivait très souvent à elle d'être dans ces états-là. Je suis retournée dans la chambre. Elle allait passer. Ça allait déjà mieux. Pierre m'a proposé d'aller boire un verre au bord de la piscine pour se calmer. Je lui ai dit que j'avais rendez-vous avec Manon. Il m'a dit : je vais encore passer pour un monstre. Je lui ai dit qu'il n'avait rien à craindre, que ce n'était vraiment pas le problème, un quart d'heure plus tard Manon est arrivée. Elle avait croisé Fabrice devant l'hôtel, qui avait sorti de son sac tous les achats qu'il venait de faire, pour les lui montrer, et qui l'avait invitée à déjeuner pour le lendemain. Elle m'a dit qu'elle n'avait pas l'habitude de réagir si vite, qu'il lui fallait du temps, et qu'elle avait donc refusé. Elle comprenait d'autant mieux ce qui m'arrivait qu'elle vivait une relation chaotique elle aussi, depuis deux ans. Un jour elle s'était retrouvée avec une lèvre gonflée pendant quinze jours, alors pour mon œil évidemment que ça ne la faisait pas rire. Elle téléphonait presque toujours en pleurs à ses amies, elle n'arrivait à être bien que quand elle était seule à travailler chez elle. Le soir on avait des places pour le concert de Vanessa Paradis, on a décidé d'y aller. On se donnait une chance. On aurait pu ne pas y aller, ou ne pas y aller ensemble. J'y serais allée, et lui aurait fait autre chose. Tout était explosif, un mot, un geste, un éloignement, on se disputait pour cinq centimètres de plus ou de moins entre nos deux chaises. Mais bon, on était là. Pour introduire une chanson, Vanessa Paradis a dit qu'elle était convaincue qu'il existait dans le monde pour chaque personne une personne particulière. Qu'elle savait que, avant de la rencontrer, cette personne particulière, on pensait qu'elle ne viendrait jamais. Mais qu'elle vient, toujours, tôt ou tard. Que dans la salle, elle était peut-être déjà venue pour certains, quelqu'un dans la salle a crié : oui, c'est toi. Elle a répondu : j'ai dit une personne particulière pour chacun, alors là je vais avoir du mal, et elle a continué. Elle disait : il y en a peut-être ici pour qui cette personne particulière est déjà venue, et d'autres qui l'attendent encore, mais je voudrais leur donner ce message d'espoir : elle va venir, j'en suis sûre. Moi aussi quand j'étais seule je me disais que ça allait toujours durer, et puis elle est venue cette personne particulière… Les gens ont applaudi, elle a dit qu'elle avait écrit la chanson qu'elle allait maintenant chanter pour cette personne, qu'elle s'intitulait *Dans mon café*. Elle a demandé au public de reprendre le refrain, C'était : le bel autodafé, le bel autodafé, le bel autodafé / que t'as fait là / dans mon café. Et le public devait reprendre : dans mon café. Dans mon café. Etc. Le message d'espoir de Vanessa Paradis, en plus d'être ridicule, je ne pouvais pas le supporter, il établissait une concurrence, une compétition, un ordre d'arrivée, encore une relation de pouvoir, une de plus, ça n'arrêterait donc jamais ? C'était sa manière de dire : vous avez vu c'est moi qui ai gagné la course, mais vous verrez en temps et heure, à votre rythme, vous la gagnerez aussi. Et tout ça sous des dehors amicaux, d'égalité. Quel monde pervers. Mais nous on n'était pas comme ça, on avait beaucoup d'obstacles à franchir, mais on n'était pas pervers, Pierre disait tout le temps : ah ça non, on n'est pas pervers. Quand on est rentrés, on s'est couchés. On n'a pas pu faire l'amour pendant trois jours. On avait peur. Le mercredi, j'avais une répétition et deux émissions de télé. J'oubliais de dire que le mardi matin, non le lundi matin, non, je me trompe, le dimanche matin, c'est-à-dire, le lendemain, du concert, et de cette journée d'horreur, on avait eu une conversation importante au petit déjeuner. Que je raconterai après. Parce que huit jours après il y a eu une autre journée d'horreur. Encore. Ça pouvait donc ne pas avoir de fin. Sauf quand l'un des combattants serait *knock-out*. On était de retour à Paris cette fois. La crise avait démarré en passant à la caisse à Monoprix. Le frigidaire était vide, on était allés faire des courses tous les deux, rue de Lévis. Tout allait bien. On avait été surclassés aussi au retour dans l'avion. À Monoprix on avait rencontré un ami de Pierre, qui parlait de Pascal et de Sandrine, qui passaient leurs vacances dans le Luberon depuis une dizaine de jours. Il y avait trois mois qu'ils se connaissaient et depuis il n'y avait pas eu un, heurt, un, problème, une, erreur, pas une ombre au tableau. On était à la caisse, Pierre sortait sa carte bleue, et la caissière annonce le prix : 1030 francs. La livraison est gratuite à partir de 1 200 francs. J'ai dit à la caissière que j'allais aller acheter quelque chose à 200 francs. Pierre à ce moment-là prend un air exaspéré, et dit : c'est combien la livraison en dessous de 1 200 francs ? 45 francs a dit la fille. Et là il fait : bon alors on va payer 45 francs et puis c'est tout, me faisant alors passer pour une rapace qui est à 45 francs près. Presque à la cantonade. Nos crises allaient bientôt devenir publiques. Cinquante mètres plus loin ça recommençait à la boulangerie, je demande une baguette, et il se moque de moi devant tout le monde : non mais attendez non, une baguette non, prends une baguette pour toi si tu veux, mais il faut qu'on ait à manger, donnez-nous un pain s'il vous plaît, qu'est-ce que vous avez comme pain ? Oui voilà un pain de campagne, tranché s'il vous plaît, en plus de la baguette oui, très bien. Là encore j'étais une rapace à dix francs près. Je ne pouvais plus supporter. Je ne lui ai plus adressé la parole sauf ensuite dans une engueulade, mais on a de nouveau réussi à se calmer. Il a fumé, on a dansé, on a fait l'amour, ç'a été une de nos plus belles fois, j'étais complètement abandonnée, complètement ouverte, je lui avais dit que je l'aimais, j'étais cent pour cent avec lui. Après, dans le moment qui suit, il m'avait dit qu'il n'aimait pas ce moment avant, d'intimité, je ronronnais, on se parlait doucement, tranquillement, il m'a parlé de Guibert, qu'il était en train de lire, et il m'a dit : j'aime ces phrases longues, ponctuées seulement par la respiration de virgules. Jusque-là ça allait, mais il ajoute : ce n'est pas donné à tout le monde. Rompant justement le moment. Il ne voulait pas convenir que c'était une attaque, peut-être inconsciente, mais évidente, vu l'état de don extrême dans lequel j'étais je ne pouvais pas la supporter, je dépendais de son amour, de la force et de la sincérité de son amour. Mais lui, de son côté, il était atterré et découragé, de nouveau, que j'aie pu entendre la phrase de cette manière. Il me disait qu'il n'avait vraiment plus aucune possibilité, qu'il ne pouvait plus rien dire, qu'il allait soumettre toutes ses phrases dorénavant à la censure. Il est parti, il m'a laissée seule dans le lit. Il est allé s'asseoir devant la télé, il était fermé. Il était devenu inaccessible en quelques minutes alors que moi j'étais à lui. J'ai pleuré une bonne partie de la nuit, il n'est pas revenu, il était en train de regarder *Paris dernière*, c'était un reportage sur les femmes de ménage nues, qu'on louait, on ne pouvait pas se parler, j'osais à peine approcher de la porte. Je suis retournée dans la chambre, il n'est pas venu, c'était reparti, ça recommençait, je voulais vivre seule cette fois, je n'en pouvais plus, j'ai fini par m'endormir comme ça. Il a dormi dans l'autre chambre. Je ne l'ai pas revu le lendemain non plus, on s'est croisés toute la journée, dans le couloir, en faisant bien attention de ne surtout pas se frôler. On ne pouvait rien dire sans s'insulter. Je suis sortie. Quand je suis rentrée à huit heures, il était sorti, je l'ai appelé, il m'a dit qu'il rentrerait tard le soir. Je lui ai dit qu'on ne se verrait plus parce que je partais le lendemain à La Grande-Motte, pour me reposer, parce que j'en avais bien besoin, et parce que j'en avais marre, j'avais réservé mon billet de train et je rentrerais le plus tard possible. J'étais angoissée, le soir en rentrant, je me rappelle qu'en me rapprochant de la maison, mon cœur battait de plus en plus et que plus j'approchais plus je me sentais faible. J'avais passé l'après-midi avec Hélène dans le sixième, aux Deux-Magots. Je lui ai dit qu'à l'exposition *Picasso érotique* au musée des Beaux-Arts, j'avais noté cette phrase, qui était de Picasso lui-même : je n'en peux plus de ce miracle de n'avoir rien appris qu'aimer les choses et les manger vivantes. J'étais calme. Mais plus je me rapprochais de mon quartier, plus je me détériorais intérieurement. Mes jambes flageolaient, mon cœur battait de plus en plus vite, j'avais peur de rentrer, il n'y avait pas son scooter devant la porte, j'étais à la fois déçue et soulagée. Il m'avait laissé un mot : 19 h 30, je sors. J'avais acheté à La Hune un livre que j'avais commandé avant de partir, *L'Effort pour rendre l'autre fou*, de Harold Searles. J'ai commencé à le feuilleter, et j'ai souligné : « Après avoir écrit déjà plusieurs articles, je découvris, avec un profond plaisir, des points de rencontre entre les différents champs d'intérêt qui m'avaient successivement attiré et qui m'étaient apparus si divers jusque-là ; mon intérêt pour toutes sortes de sentiments – l'hostilité, la dépendance, le chagrin, etc. – s'organisa autour de l'amour et de la haine et de leurs rapports respectifs entre eux. Tous mes articles sur la symbiose sont axés sur ces deux derniers sentiments. J'évoque dans l'article sur le *Traitement de la famille* "la tragédie centrale dans ces familles : à quel point les membres de la famille sont handicapés, paralysés par leur incapacité à affronter le fait qu'à *la fois* ils se haïssent et s'aiment profondément". De même, à l'époque où je venais juste de terminer *Les Sentiments positifs*, mon travail clinique avec des schizophrènes ne m'avait pas encore permis de voir – comme l'avaient fait mon analyse et ma vie personnelle – que même dans le cas d'une relation avec un schizophrène chronique, il apparaît non seulement que l'amour est plus fort que la haine mais qu'il est au cœur même de celle-ci. Au moment où j'envisageais de publier la monographie à laquelle je faisais allusion plus haut, il me semblait que l'amour et la haine dans la schizophrénie, et dans la psychothérapie de la schizophrénie, étaient d'égale puissance. Les articles ultérieurs qui ont trait à la symbiose thérapeutique montrent que je me suis aperçu ensuite que la haine est secondaire par rapport à l'amour – qu'avec l'approfondissement de la relation, la haine se dissout dans l'amour[1]. » Ce n'était pas abstrait, il disait comment sa réflexion avait progressé, il en livrait toutes les étapes, d'abord sa perception du lien entre l'amour et la haine, ensuite la place de l'une par rapport à l'autre, la haine secondaire, et enfin qui se dissout dans l'amour. Au début il s'est simplement aperçu qu'il y avait des rapports, entre l'amour et la haine, ensuite il s'est rendu compte, toujours à travers ses travaux, que l'amour était plus fort que la haine, situé au cœur de la haine, donc de la même essence, mais situé au cœur, au

1. Cette citation est extraite du livre de Harold Searles, *L'Effort pour rendre l'autre fou*, © Gallimard, 1988.

centre, et puis cet homme, ce psychanalyste, a fini par se rendre compte, un peu plus tard, que ces deux sentiments sont d'égale puissance. Tout ça au travers de son travail et de sa vie. Toute sa vie pour essayer de peser quel était le poids de l'une par rapport à l'autre. Pour se rendre compte que la haine, secondaire mais au centre, se dissout dans l'amour et que donc la violence, l'agressivité minimum de tous les rapports se trouve compensée dans les couples unis par l'amour, supportable, possible. Après j'ai téléphoné à Pierre, il m'a dit qu'il allait rentrer tard, qu'il avait le droit de vivre, une rengaine à laquelle je commençais à m'habituer, je me souviens que j'ai pleuré donc il a dû m'insulter, et il a coupé son portable pour que j'arrête de téléphoner. Mais avec lui, je savais que ce n'était pas grave, le calme pouvait revenir comme il était reparti, sur le fond ça ne changeait rien. J'avais l'impression d'avoir une sorte de crédit illimité, nos problèmes n'étaient pas là. C'était bizarre, l'horizon me paraissait dégagé, mais la vie invivable, épuisante. Pourtant il y avait toujours cet horizon lumineux, qui ne se démentait pas. Il est rentré vers onze heures. Au début ça a recommencé, je lui ai dit que je ne pouvais pas partir du jour au lendemain mais que j'allais le faire dans les mois qui venaient, que je ne voulais pas faire un nouveau passage à l'acte cette fois dans l'autre sens, comme celui de décembre où je m'étais précipitée sur le premier venu finalement, c'était ce que je me disais parfois à moi-même. C'était un de mes torts, je ne pouvais pas m'empêcher de suggérer des sous-entendus agressifs. Même si je ne lui ai pas dit le premier venu, ce mot-là. Je lui ai dit que je voulais partir dès que je pourrais. J'étais à bout. Je ne sais plus après combien de péripéties je suis allée me coucher. J'avais pris un comprimé pour dormir, comme tous les soirs, et j'étais allongée. Il a ouvert la porte, il s'est approché de moi, tout près, et il m'a dit : je suis content de t'avoir, tu sais, je t'aime, tu sais, je n'ai que toi. Je lui ai dit : ça me fait plaisir que tu me dises que tu es content de m'avoir, plus que quand tu dis que tu n'as que moi, beaucoup plus. Il m'a dit qu'il avait envie de pleurer. Lui qui n'a pas pleuré depuis trente ans. Qu'il m'aimait, que tout à l'heure il regardait mon pied nu et qu'il se disait : ce n'est pas possible que je ne voie plus ce pied. Je lui ai répondu que moi aussi je l'aimais. Et le cauchemar de la crise s'est de nouveau dissipé.

Ensuite, je suis repartie, mais seule, quelques jours à La Grande-Motte, pour me reposer. Pierre m'a accompagnée à la gare de Lyon. Je suis partie le mardi, et je suis rentrée le lundi suivant. J'étais tranquille, j'écrivais, j'allais à la piscine, je me promenais à vélo. Tout allait bien, sauf l'écriture, dès que je me levais j'allumais l'ordinateur, quand j'arrêtais j'avais envie de tout envoyer balader, j'en avais marre de faire le commerce de tout ce qui m'arrivait, j'avais envie d'effacer tout ce que je venais d'écrire et de disparaître à jamais, je commençais à trouver ce système impitoyable. Mais ce besoin décrire était vital, physique. Je n'avais pas le choix. Comme je le disais tout à l'heure à Lætitia, c'est mon besoin numéro un. On ne s'était pas vues depuis le mois de mars ou le mois d'avril, je lui ai raconté tout ce qui s'était passé depuis. Je lui ai parlé des crises, sans entrer dans le détail, en insistant plutôt sur les obstacles à franchir. Je lui avais dit que j'étais heureuse de rentrer la veille et de retrouver Pierre, que je m'étais même demandé comment j'avais pu me séparer de lui volontairement quelques jours, même pour me reposer, que ma place était auprès de lui, et qu'au bout de quelques jours je me demandais déjà ce que je fichais à La Grande-Motte. Même si je suis de nouveau fatiguée et que j'aimerais bien y retourner. Elle m'avait dit : comment vous faites pour passer d'un œil qui saigne à je n'aurais jamais dû le quitter, ma place est auprès de lui et je suis heureuse de rentrer ?

Et puis il y avait l'écriture, j'étais en train de trouver une piste grâce à un titre, *L'Instinct*. C'était trop tôt pour en parler, je n'avais rien dit à Lætitia. J'avais juste un peu testé l'idée le matin en en parlant à Jean-Marc, c'est tout. J'étais donc partie le mardi, par le train. Pierre avait plusieurs jours seul devant lui. C'était le redémarrage du journal, qui allait reparaître après cinq semaines d'arrêt, il avait donc du travail, encore plus que d'habitude. Mais tout le week-end, ce week-end de solitude qui ne lui déplaisait pas au départ, il a tourné en rond. On s'est téléphoné, je ne sais plus sur quoi ça a démarré, j'oublie, et ça a recommencé. Il m'a traitée de tout, il m'a dit que c'était fini, qu'il n'allait plus à présent ne penser qu'à lui, s'occuper uniquement de lui. Il n'en pouvait plus. Il allait péter un câble, il allait imploser. Il avait mal au dos, il avait mal au ventre. À ce rythme-là dans deux ans il aurait une crise cardiaque et dans trois ans un cancer, il allait mourir, j'étais en train de le tuer. Il n'avait qu'une envie c'était de se tirer une balle dans la tête, il étouffait, je le tuais, il avait besoin de respirer, il n'en pouvait plus, depuis quelques jours je l'angoissais il ne pouvait plus me supporter. Il était à bout. Il ne pouvait plus supporter de vivre avec quelqu'un qui n'entendait pas ce qu'il lui disait. Il avait l'impression de parler à un mur. Je ne voyais pas ce qu'il voulait dire. J'étais à la piscine, avec le téléphone, je m'étais mise dans un coin. Je me disais qu'il avait sans doute raison mais je ne voyais pas. Il était à bout de souffle, et il m'a dit : depuis quelques jours. Je lui ai dit : mais tu es seul, c'est peut-être toi depuis quelques jours que tu ne peux plus supporter. J'avais peur qu'il explose... pas du tout, au contraire il m'a dit : ce n'est peut-être pas faux. Puis qu'il allait dormir pour se calmer, qu'il était inquiet. Le lendemain je rentrais. Moi non plus je n'en pouvais plus. Moi aussi au bout d'un moment je commençais à me demander ce que je faisais là-bas. Et pourtant quand j'ai eu fermé la porte de l'appartement de ma mère, où j'étais restée une petite semaine, et que je suis sortie attendre le taxi pour aller à la gare, je m'étais assise sur un rondin en bois au bord de la route, je sentais ma peur de rentrer. Ça m'a rappelé la peur que j'avais eue le premier mardi, le mardi 26 septembre, en l'attendant allongée sur mon lit vers neuf heures. C'était la première fois qu'on avait rendez-vous pour dîner, qu'on avait rendez-vous un soir, j'avais l'estomac à l'envers. J'étais paniquée. Là c'était pareil. J'avais les jambes qui tremblaient et l'estomac noué. J'allais le retrouver le soir. Il était treize heures, à six heures on serait ensemble. Je lui avais dit la veille au téléphone que j'avais envie d'être dans ses bras, j'allais être dans ses bras, bientôt. Il m'avait dit : j'ai hâte. Mais je ne pouvais pas m'empêcher de craindre, dès que j'allais me retrouver dans cet appartement avec lui, je me rendrais compte enfin de l'erreur que j'avais faite en septembre, quand on s'était rencontrés, puis en décembre, quand on avait décidé de vivre ensemble, et puis en janvier, quand on s'était installés. Et ensuite, pourquoi avoir insisté ? Mon erreur ne s'expliquait que par la peur que j'avais eue d'être seule et de ne pas pouvoir continuer de vivre, ni d'écrire, ni de supporter les réactions des gens. Je ne pouvais plus supporter de n'être connectée qu'à mes livres, dans l'esprit des autres. J'étais aussi autre chose, mais il fallait que j'écrive. J'ai toujours été dirigée par la nécessité de continuer, l'instinct, ça passait par la peur de ne pas pouvoir continuer d'écrire, qui est mon besoin numéro un, vital, physique, et j'avais fini par haïr l'écriture à un point, qui pouvait être un point de non-retour. Je ne pourrais plus écrire et je ne pourrais plus vivre. Je n'avais aucune idée de l'état dans lequel je serais si ça arrivait. En septembre, ma peur venait de là. En septembre, en août, en juillet, en juin, en mai. Ç'avait été terrible depuis le mois de mai. Tous ceux qui étaient proches de moi à cette époque-là peuvent témoigner.

Le taxi est arrivé. Il gueulait contre la façon de conduire des gens, des fous. Il m'a déposée à la gare de Montpellier. Après avoir vécu huit ans dans cette ville je n'avais personne à voir, c'était donc très bien que je rentre, j'avais vraiment bien fait de partir. C'était le 20 août, les trains étaient bondés, le TGV avait été dédoublé, il y avait des gens debout, et une certaine hystérie pour trouver les dernières places, surtout des familles, qui se laissaient aller comme dans leur intimité, à cause de la nervosité, et le plaisir d'oser enfin se montrer aux autres comme à des proches, de montrer enfin à tout un wagon son caractère bien particulier, bien singulier, unique. Pour rentrer j'ai pris le métro, j'ai regardé avant au bout du quai si Pierre n'y était pas, sachant qu'il n'y avait aucune chance, en arrivant à la maison il y avait déjà son scooter. Je suis entrée, j'ai posé mes sacs, il est arrivé dans l'entrée. Il m'a dit : je t'ai téléphoné plusieurs fois, je voulais venir te chercher, mais le téléphone ne passait pas. On s'est approchés l'un de l'autre, on s'est embrassés en s'effleurant juste les lèvres. Il m'a dit : je me plonge dans un bain et je ressors, et puis après on a fait l'amour, le sexe, je ne peux pas en parler, je ne saurai pas. Il n'y a qu'avec mon père que j'ai su en parler. Là, pas de problème, c'est quand vous voulez, je peux. On s'est retrouvés, c'était lui, il n'y avait aucun doute. Mais la nuit qui a suivi, je n'ai dormi qu'une heure, j'étais épuisée le lendemain, ça recommençait, je ne comprenais pas. J'étais épuisée, j'avais été amenée jusque-là comme par une laisse, j'étais arrivée à lui à bout de souffle, et je n'arrivais pas à me reposer, d'autant que ça continuait, il fallait que je continue d'alimenter la machine, la machine à écrire, ça ne s'arrêtait pas. Sinon j'allais avoir de nouveau peur de ne pas pouvoir continuer de vivre. Etc., etc., etc. Après on avait dîné, on était allés dîner dans le restaurant où on avait eu notre premier flash. Ensuite j'étais à peine à Paris depuis deux jours que j'avais de nouveau mal au dos, de nouveau j'avais des insomnies. Pourtant je voulais tenir. Pendant huit jours je me suis levée, fatiguée de plus en plus, mais de bonne humeur, le matin on plaisantait maintenant au petit déjeuner. J'étais en train de trouver mon rythme dans cette ville. Je répétais avec Pascal Bongard tous les après-midi. J'allais encore partir le week-end, il fallait que j'aille à Pont-à-Mousson, j'avais envie de rester à Paris avec Pierre, je n'en pouvais plus, surtout que Léonore allait rentrer la semaine d'après, ça ne serait plus la même chose. Depuis une quinzaine de jours, le livre commençait de m'étouffer. J'étais embringuée, depuis des années, dans un processus fou. Je n'allais pas pouvoir tenir encore longtemps, il fallait que ça se termine. Il fallait arrêter, mais quand est-ce que ça s'arrêterait, avec ma mort, comme Molière qui était mort en scène ? Je me demandais si les gens se rendaient bien compte de ce que ça signifiait. Ça faisait une quinzaine de jours que j'étouffais et que je ne savais pas comment sortir du piège, j'écrivais, c'était sans fin, c'était insupportable. Ça serait sans fin cette histoire. Quand j'arrêtais, je me relevais de mon bureau, angoissée, en me disant : mais ça ne finira donc jamais ? J'avais 42 ans, admettons que je vive jusqu'à quatre-vingts ans, je me disais, est-ce que je vais consigner comme une folle tout ce qui se passe ? On arrivait fin août, c'était la rentrée littéraire, il y avait des pages et des pages dans les journaux sur la rentrée, sur les écrivains de la rentrée, sur les livres, mais pas un mot, pas un traître mot, sur l'effort que ça représentait, rien. Donc on était le 24 août, il était inutile de continuer, ça ne servait à rien, j'étais en train de m'épuiser pour rien ou pas grand-chose. Je voulais arrêter, mais je ne pouvais pas, c'était impossible, je n'en pouvais plus. Je n'avais qu'un espoir, et il était mince, puisque je vivais avec un journaliste, c'était qu'il le dise lui un jour. Cette semaine-là on a été invités à un dîner chez Frédéric Beigbeder qui était un ami à lui. Il y avait Élisabeth Quin, Virginie Despentes, Philippe Manœuvre, Christophe Chemin, Maïwenn Le Besco, Guillaume Dustan, Frédéric Taddeï, Patrick Eudeline, Alexandra Senes, Fiona Gélin, des gens comme ça. Les dialogues c'était :

— Moi je suis dealer en filles de 14 ans.

— Elles sont où ?

— Tout a changé le jour où les couples ont cessé de téléphoner à leur dealer pour appeler leur baby-sitter.

— J'en connais plein des jeunes parents qui continuent à fréquenter dealer et baby-sitter, quand tu sors il faut assurer les deux.

— C'est un cliché un peu réducteur. C'est la morale victorienne de *Trainspotting* : les drogués laissent mourir leurs bébés.

— Pour faire des enfants, vaut mieux avoir des relations sexuelles, pour avoir des relations sexuelles vaut mieux avoir de la drogue.

Frédéric Taddeï passait les disques, quelqu'un avait ironisé sur Sacha Distel ou Annie Cordy. De toute façon il n'y avait pas besoin de remplir le vide, la conversation ne faiblissait pas, au contraire. D'autant qu'il y avait une caméra. La musique au bout d'un moment on ne l'entendait plus. Les gens riaient. Beaucoup. Ça fusait. Ce n'était pas l'esprit de repartie qui faisait défaut, au contraire.

— La cocaïne empêche de bander.

— Pas d'accord, ça empêche de dormir donc de t'endormir et donc faut bien que tu t'occupes.

— Je rêve, vous parlez d'un produit interdit par la loi.

— J'ai toujours détesté Creedence Clearwater Revival.

— Je veux bien qu'on mette les Beach Boys.

— Ç'aurait été bien de faire ce dîner il y a un siècle avec Baudelaire et Barbey d'Aurevilly.

— Ça y est, mon petit frère a une petite fille.

— Et toi tu ne veux pas en faire ?

— Ouais, c'est marrant.

— Il y a une nostalgie énorme pour les années quatre-vingt, on n'a pas fini d'en bouffer.

— Faut lire la bio *Dino* de Dean Martin, qui va devenir un film de Scorsese, écrite en 92 par Nick Tosches, grand critique de rock américain, très grand. Un livre de lui vient d'être traduit, beaucoup mieux qu'Ellroy, que Joyce Carol Oates.

— Ellroy ne sait pas écrire, c'est un pygmée sous speed, qui tape sur une machine à écrire géante.

— Un jour, tu sais ce que me répond ce connard de Ricain, que j'étais parti interviewer : j'ai pas lu Flaubert. Je lui ai dit : ça ne m'étonne pas. De toute façon, un type de 50 ans ou plus qui n'a pas eu les cheveux longs dans les années soixante, on ne peut pas lui faire confiance.

— Eudeline avait raison en disant : sur *99 francs*, t'as le droit de tout faire, un livre, un disque, une émission de télé, c'est pas grave.

Dean Martin c'était ça sa vie : un crooner genre *Everybody loves somebody sometimes*, acteur de scène avec Jerry Lewis, animateur télé. Tout ça à la fois. Aujourd'hui si Virginie écrit et fait un film, les gens disent : elle se disperse. Houellebecq fait tout d'un coup un disque : qu'est-ce que c'est que ce dilettante, ils vont dire. En fait, il y a des gens qui ont du talent et d'autres pas. Ceux qui ont du talent, ils ont du talent dans tout. Picasso il pouvait tout faire.

— Comme piquer mon verre ?

— Picasso. Pic ton verre. Pic assiette. Pic ta mère.

— Qu'est-ce qu'on fait après le dîner ?

— Delphine, passe-moi tes lunettes de soleil.

— Donne ton corps au dance-floor.

— Personne n'a jamais été plus attaqué que Cocteau… Démoli. Si quelqu'un a ramé, c'est bien Cocteau.

— Les surréalistes lui ont chié dessus. Tous les mecs marrants se sont suicidés, regarde Crevel.

— C'est qui André Breton ? C'est quoi mon texte… je dis quoi là ? En revanche je parle breton si tu veux.

— Le grand concept de la soirée c'est loft mondain qui passe sur Arte. Vais-je coucher avec Maïwenn Le Besco, ou avec Élisabeth Quin ? Celle qui a perdu est jetée de l'appart. Je vous rappelle que la partouze est dans un quart d'heure.

— À minuit et demi, donc…

— On se met torse nu du bas et on fait un nouveau jeu qui s'appelle la grappe humaine. Eh Taddeï, si tu nous mets une musique style

« Qu'est-ce qu'on se fait chier ici », je te casse les dents de devant.

— Mets Sacha Distel ou Annie Cordy.

— Tous mes copains rêvaient de Six Roses. Cirrhose avec ou sans y ? J'ai mis vingt ans à comprendre. Respect à Cordy.

— Eudeline qui cite Cordy, grande première...

Pierre est resté encore un moment, moi je suis rentrée. Le lendemain je suis allée à Pont-à-Mousson avec arrêt à Nancy, la gare de Nancy, bizarre, c'était bizarre, en 85 j'avais donné rendez-vous à mon père ici, je reconnaissais bien, je reconnaissais bien cet angle-là, la gare fait un L, je me revoyais en train de sortir de la gare et de revoir mon père après plusieurs années, c'était bizarre de revoir cette gare vingt ans après, avec tout le temps qui a passé depuis, et que rien n'ait changé. C'est ça surtout.

11715

Composition
FACOMPO

Achevé d'imprimer en Espagne
par BLACKPRINT CPI IBERICA
5 mars 2017.

Dépôt légal mars 2017.
EAN 9782290138458
OTP L21EPLN002100N001

ÉDITIONS J'AI LU
87, quai Panhard-et-Levassor, 75013 Paris

Diffusion France et étranger : Flammarion